暁《ぎよう》天《てん》の星

葉室 麟

PHP
文芸文庫

○本表紙デザイン＋ロゴ＝川上成夫

目次

暁《ぎょう》天《てん》の星

一

明治十八年（一八八五）夏――

陸奥宗光《むつむねみつ》はオーストリアのウィーンで、法学者ローレンツ・フォン・シュタインの個人教授を受けていた。

陸奥は四十二歳の男盛り、シュタインはすでに六十九歳の高齢だった。しかし、西洋人を思わせる彫りが深くととのった容貌《ようぼう》で美髯《びぜん》をたくわえた陸奥と碩学《せきがく》のシュタインは心が通じて親しく授業が行われていた。

陸奥がシュタインに学ぶようになったのは、伊藤博文《いとうひろぶみ》の紹介によるものだった。明治十年（一八七七）の西南戦争で西郷隆盛《さいごうたかもり》が自刃《じじん》し、翌十一年大久保利通《おおくぼとしみち》が暗殺されると、伊藤は大久保の後を襲って参議《さんぎ》兼内務卿《ないむきょう》となり明治政府の中心人物となった。

この時期、自由民権運動の高まりの中で政府は憲法制定に向かって動き出していた。

右大臣《うだいじん》岩倉具視《いわくらともみ》から信頼されていた伊藤は、〈明治十四年の政変〉で佐賀出身の大隈重信《おおくましげのぶ》を政府より逐《お》ってさらに権力の座を固めることに成功した。

　翌十五年三月から十六年八月にかけて幕末以来、四度目の海外渡航を行って憲法制度の調査にあたった。

　この際、伊藤はベルリン大学のグナイストに教えを請《こ》うた。伊藤は、英語は修得していたが、ドイツ語は駐独公使青木周蔵《あおきしゅうぞう》に通訳を頼んだ。グナイストと初めて面談した伊藤は、日本へ向けての手紙で、グナイストの説は、

　――頗《すこぶ》る専制論
　だと書いている。グナイストは、国会を設立した場合、軍事や財政についてはくちばしを容《い》れられないように弱い権限のものにするよう教えた。しかし、これは伊藤の思う憲法の構想とは違っていた。

（どのような憲法を作ったらよいのか）

　悩んだ伊藤はオーストリアへ赴《おもむ》き、ウィーン大学のシュタインに学んだ。シュタインの国家学説を聞いた伊藤は、いままでの迷妄《めいもう》を開かれた思いだった。

　シュタインの学説によれば、国家は一つの人格を持ち、一人の人間のように行動するものだとされた。

　ひとの体で言えば頭が君主であり、両肩が上下院の議会、胴体が政府、国民が足

として国家を支えているのだという。すなわち、立憲君主制とは君主と行政、立法の三権が独立して国を運営するという考え方だった。

しかもシュタインは行政の役割を重視した。原則として君主（天皇）は君権を行使せず、実権は内閣と国会が担《にな》い、中でも内閣の主導による国家運営というものであった。

すでに行政府の実権を握っていた伊藤にとってシュタインの考える国家像は理想に思えた。憲法制定にあたっては、プロシア憲法を参考にしてはどうかと伊藤に勧《すす》めたのはシュタインである。

明治憲法制定にあたってのシュタインの影響は大きかった。

このため、伊藤はシュタインを日本に招こうとまでした。しかしシュタインから高齢を理由に断られると、政府の要人や官僚や学者たちにシュタインに学ぶことを勧めた。そして伊東巳代治《いとうみよじ》、黒田清隆《くろだきよたか》、松方正義《まつかたまさよし》、海江田信義《かえだのぶよし》などが、

——シュタイン詣《もう》で
をした。それぞれ通訳を連れて二、三週間続けてシュタイン家に日参して個人教授を受けた。陸奥もそのひとりで、伊藤の熱心な勧めでシュタインの授業を受けたのだ。

怜悧《れいり》で容貌もあたかも西洋人を思わせる陸奥はシュタインに気に入られた。シュタインは打ち解けてくると、

「伊藤公はなかなか明敏《めいびん》だ。どうやら東洋のビスマルクを目指しているらしいね」

と笑いながら言った。

「その通りです」

陸奥は微笑して答えた。だが、声音《こわね》に皮肉な調子が籠《こ》もらなかったのは、伊藤は農民あがりの成り上がり者で風貌《ふうぼう》も目立たないが、恩師の吉田松陰《よしだしょういん》に、

――周旋《しゅうせん》の才あり

と認められたように政略に長《た》け、自分が長州閥《ちょうしゅうばつ》の恩恵を被《こうむ》りながらも他藩出身の者を才能によって重く用いる懐《ふところ》の広さがあることを知っていたからだ。

通訳を介しての会話だが、気心が知れるにつれ、表情と聞きかじりの単語だけでも、シュタインが何を言っているか、勘のいい陸奥は察するようになっていた。

ビスマルクはプロイセン（プロシア）首相として軍備増強を強行、オーストリア、フランスとの戦争（普墺《ふおう》戦争、普仏《ふふつ》戦争）を勝利に導き、軍事を重視し、議会で、

「現下の大問題は言論や多数決によってではなく、鉄と血によってのみ解決される」

と演説した。ここからビスマルクの軍事力によるドイツ統一政策は〈鉄血《てっけつ》政策〉

と称され、ビスマルク本人も、

――鉄血宰相《さいしょう》
と呼ばれたのだ。

そして一八七一年には、ドイツ統一を達成し、帝国の初代宰相となった。

ドイツ連邦の中の一国にすぎなかったプロイセンを率いてドイツ帝国を築いたビスマルクの辣腕《らつわん》ぶりに伊藤が傾倒していることはよく知られていた。

シュタインは陸奥を見つめてにこりとした。

「わたしは伊藤公よりあなたのほうがビスマルクに似ているのではないかと思うのだがね」

「まさか、そんなことはないでしょう」

陸奥が苦笑すると、シュタインは言い重ねた。

「いや、伊藤公は失礼ながら貧しい農民の出身だと聞いている。ビスマルクはプロイセンのユンカー、貴族の出身だよ。だからこそ、オーストリア、フランスとの戦争を指導することができたのだ。戦争は貴族の仕事だからね。その点、あなたは貴族の出だと聞いている」

畳《たた》みかけるようなシュタインの言葉に、陸奥は再び苦笑《にがわら》いするしかなかった。

徳川御三家《とくがわごさんけ》のひとつである大藩にいたことを思えば、足軽《あしがる》から成り上がった伊藤より貴族に近いと言えた。地方貴族であるユンカーから宰相に昇り詰めたビスマルクとさほど変わらないかもしれない。

「わたしは二年五カ月前まで政治犯として獄中にありました。ようやく許されて出獄してから伊藤公の厚意で留学の機会を得ましたが、たとえ国に戻っても活躍の場は与えられないでしょう」

陸奥は通訳を通じてシュタインに自《みずか》らのことを説明した。

陸奥は天保《てんぽう》十五年（一八四四）七月、紀州《きしゅう》藩士伊達宗広《だてむねひろ》（千広《ちひろ》）の第六子として和歌山《わかやま》城下に生まれた。宗広は紀州藩で八百石《こく》の大身《たいしん》で藩政の要職にあった。

しかし、陸奥が九歳の時、父親の宗広は失脚《しっきゃく》した。宗広と政見を異にする江戸家老、水野忠央《みずのただなか》が藩政を握り、伊達一族を和歌山城下から放逐《ほうちく》したのである。

幼い陸奥は父に従い、和歌山郊外の村で暮らすようになったが、安政《あんせい》五年（一八五八）の春、十五歳で江戸に出て医者の下僕《げぼく》などをしながら勉学に励んだ。

その三年後、父、宗広は赦免《しゃめん》され、和歌山城下に戻ったが、家督《かとく》を譲った宗興《むねおき》に与えられた禄《ろく》はわずか七人扶持《ぶち》だった。

宗広は、このころ勢力を得ていた尊王攘夷《そんのうじょうい》派と手を組むことを考えて脱藩《だっぱん》した。そして尊攘派公家の中川宮に拝謁し、尊王の志を述べるとともに、水野忠央の悪政を訴える文書を提出した。

　中川宮は宗広に江戸へ出て幕府政事総裁、松平春嶽《まつだいらしゅんがく》に訴えることを勧めた。

　松平春嶽はかつて将軍継嗣《けいし》に一橋慶喜《ひとつばしよしのぶ》を推《お》し、紀州藩の徳川慶福《よしとみ》を将軍継嗣にと目論《もくろ》んだ水野忠央と激しく争った経緯があった。

　宗広が中川宮の紹介状を持って江戸に出て訴えると、松平春嶽は即座に宗広の主張を認めてくれた。春嶽の計《はか》らいによって伊達家は藩政に返り咲くことができ、宗広は藩の代表として京で朝廷との折衝《せっしょう》にあたることになった。

　この時、陸奥は和歌山には戻らなかった。自由に大道を闊歩《かっぽ》する尊攘志士となったのだ。

　だが、尊攘派でも脱藩をするのは、軽格かあるいは足軽、郷士《ごうし》などの身分の低い者だ。御三家で八百石という家柄の息子が脱藩志士の仲間入りをした例は少ない。それだけに浪人志士の中で陸奥を白眼視《はくがんし》する者もいた。

　陸奥は、たまたま土佐《とさ》の坂本龍馬《さかもとりょうま》が設立した海援隊《かいえんたい》に所属し、身分や出自にこだわらない龍馬のもとにいたからこそ生きていけたが、そうでなければ仲間はずれにされていただろう。

明治になって陸奥は新政府に出仕した。外国事務局御用掛《ごようがかり》から大阪府権判事《ごんはんじ》、兵庫県知事などを歴任した。

廃藩置県の後は、神奈川県知事となり、外務大丞《だいじょう》を兼ね、さらに大隈重信の推挙で大蔵少輔心得《おおくらしょうこころえ》に昇進した。

明治六年（一八七三）、征韓論で政府が分裂し、西郷が下野《げや》すると、征韓論には与《くみ》しなかったものの、翌年、『日本人』と題する論文を草し薩長藩閥政府を批判して辞任した。

さらに明治十年、西南戦争が起こると、土佐立志社《りっししゃ》の大江卓《おおえたく》らの政府転覆《てんぷく》計画に連座したとされ、国事犯として五年の禁獄に処せられた。

「ほう、そうなのか」

シュタインは却《かえ》って目を輝かせた。国事犯として投獄されたなどという体験は政治家にとって財産だ、とシュタインは話した。

「そうなのでしょうか」

陸奥が首をかしげると、シュタインは陸奥の手を握り、

「権力というものは批判者を必要とするものだ。そして正しい批判者にはいずれしかるべき地位が用意される。政治犯として投獄されたことが、その資格を証明する

日がきっとくるだろう。だからあなたはきっと成功する。高齢のわたしにはその成功が見られないのが残念だよ」

と笑った。話を聞くうちに、シュタインには『今日のフランスにおける社会主義と共産主義』(Der Sozialismus und Kommunismus des heutigen Frankreichs) という著書があったことを陸奥は思い出した。

シュタインがパリに留学していた際、社会主義者や共産主義者と交《まじ》わり、その思想をドイツで初めて紹介した本だった。

ドイツで初めてプロレタリアートという概念を述べた画期的《かっきてき》な本でもある。マルクスはこの書物に影響されて共産主義者の道を歩み始めたという。

(シュタイン先生は反逆者こそが歴史を動かすとお考えなのだろうか)

もし、そうだとしたら、自分は期待に値《あたい》するかもしれない。これまでの人生は常に茨《いばら》の道で知らず知らずのうちに反逆者の道を歩まされていたのだから。

そんなことを陸奥は考えた。

ある日、授業が終わると、シュタインは陸奥に、

「たまにはオペラを鑑賞していかないかね」

と誘った。陸奥は礼儀正しく、

「喜んで」

と答えた。当時のウィーンはヨハン・シュトラウス二世のワルツが全盛を極《きわ》めており、舞踏会やオペラ上演が上流社会をにぎわせていた。

陸奥は蝶《ちょう》ネクタイ、タキシード姿でシュタインとともに市内中心部のウィーン川左岸通り沿いに位置するアン・デア・ウィーン劇場に出かけた。

この劇場の名はドナウ川の支流で劇場の傍《そば》を流れるウィーン川に由来するのだという。シュタインと陸奥は貴賓席《きひんせき》から、この年初演された『ジプシー男爵《だんしゃく》』を鑑賞、盛んに拍手を送った。

『ジプシー男爵』は、シュトラウス二世が二年の歳月《さいげつ》をかけて完成させた大作で、代表作の『こうもり』と並ぶ傑作《けっさく》だという評判だった。

陸奥はオペラの楽曲とプリマドンナの歌に耳を傾けながら、

(亮子《りょうこ》にも聴かせてやりたいものだ)

と思った。

陸奥の妻である亮子は、旗本の妾腹《しょうふく》の娘だった。

幼い時から美しく、長じて新橋《しんばし》柏屋《かしわや》の芸妓《げいぎ》、小鈴《こすず》として評判を得たが、身持ちは堅《かた》かった。明治五年（一八七二）、陸奥の先妻蓮子《れんこ》が亡くなると十七歳で後妻となった。

陸奥は亮子をことのほか愛しており、このはなやかな劇場にドレス姿の妻を連れてきたい、と思った。この夜、あでやかな装《よそお》いの婦人たちが大勢いたが、妻の亮子は美しさにおいて抜きん出ているはずだ。

陸奥はそんな思いでオペラを見ていたが、ふと快活な龍馬の屈託のない笑顔を思い出した。

（坂本さんが生きていてくれたら――）

いつものように、陸奥は臍《ほぞ》を嚙《か》んだ。龍馬が生きていれば、陸奥は政府の片隅《かたすみ》で生きたりはせず、中枢《ちゅうすう》での仕事を担っただろう。だが、それは繰《く》り言《ごと》だと思ってはなやかな舞台に目を遣《や》った。

会ったひとを魅了せずにはおかない龍馬の姿がそこにあるような気がしていた。

二

陸奥が初めて龍馬と会ったのは、文久《ぶんきゅう》三年（一八六三）春のことだった。

このころ陸奥の父、宗広は京の粟田口《あわたぐち》に寓居《ぐうきょ》を構えていた。すでに隠居の身の宗広は京の情勢を紀州藩に伝えることを自らに使命として課していた。

宗広の見識を知る尊攘派の志士の中には、訪ねてきて意見を訊《き》く者がいた。龍馬もそんな中のひとりだった。

ある日、家の前に立った蓬髪《ほうはつ》で色黒の浪人者を見た陸奥は驚いた。浪人は袴《はかま》の裾《すそ》をたくしあげ、門前で立小便をしようとしていたのだ。

陸奥はあわてて駆け寄り、

「何をしているのです。ひとの家の前で無礼《ぶれい》ではありませんか」

と叱責《しっせき》した。

浪人は目を丸くして、

「いかんちゃ。見つかってしもうた」

と言って笑った。

だが、小便はそのまま、盛大に飛沫《しぶき》をあげて家を囲っている竹垣《たけがき》にかかった。

陸奥は一瞬、目を閉じて、

「何ということを――」

とつぶやいた。

だが、浪人者は小便を終えると袴を下ろし、袴で手を拭《ふ》きながら、平然と言った。

「なんちゃないきに。気にせんでおおせ」

　陸奥が憤《いきどお》りで顔を赤くしていると、浪人者はぺこりと頭を下げた。

「わしは土佐の坂本龍馬じゃ。幕臣の勝海舟《かつかいしゅう》先生の弟子じゃきに。神戸《こうべ》に海軍操《そう》練所《れんじょ》が開設されることで伊達殿にお話をうかがいに来たと伝えておおせ」

　この年、幕府は攘夷論の高まりとともに大坂湾の防備を重視して兵庫や西宮《にしのみや》に砲台の築造を決定した。

　勝海舟は、将軍徳川家茂《いえもち》の大坂湾巡視に随行《ずいこう》し、生田川《いくたがわ》河口の神戸村に海軍の操練所を開設することを願い出て許されていた。

　思わず惹《ひ》き込まれそうな無邪気《むじゃき》な笑《え》みを浮かべて龍馬は話した。陸奥は龍馬の言葉を聞くうちに、それまでの憤りが消えていることに自分でもびっくりした。

　いつもなら、相手の無礼を許さず、あくまで糾《ただ》すところだ。それなのに、なぜか、

「こちらへ――」

　と龍馬を案内していた。

龍馬は悠然《ゆうぜん》とうなずき、陸奥に続いて家の玄関に入った。その時、風が吹いて、陸奥は顔をしかめた。小便の臭《にお》いが漂ったのだ。

だが、龍馬は平気な顔である。

(このひとには立小便が当たり前のようだ)

陸奥は頭を振りつつ思った。


宗広は龍馬と面会して、龍馬が託された海舟の手紙に目を通した。

「なるほど、紀州藩からも海軍操練所で学ぶ者を出せということですか」

宗広が訊くと龍馬はうなずいた。

「そうですろう。勝先生は海軍操練所を旗本の子弟だけが学ぶ場所にするつもりはないきに。諸国の有為《ゆうい》の若者が集まって、わが国の海軍を興《おこ》すことを目指しておられます。そして操練所とは別に勝先生の私塾も作ります」

「勝殿の私塾?」

宗広は目を瞠《みは》った。

「いくら諸国から海軍操練所に入ってもええ、言うてもそれぞれの家中《かちゅう》で難しいことはありますろう。そこで勝先生の私塾を併《あわ》せて作って、誰でもが学べるようにしようということですろう」

「なるほど、さようか」

宗広はうなずく。

「そこで、紀州藩から来られるかたも、海軍操練所ではのうて、私塾のほうに入れてもいいきに」

龍馬は言いながら陸奥に目を遣った。

「どうですろう。こちらの若い衆も海軍塾に入られては。勉強になってこれからの国を背負うことになると思うけんど」

龍馬に笑いかけられて陸奥は戸惑った。宗広が手を上げて、

「この者はわたしの息子の小次郎《こじろう》です。とんだ乱暴者ですから、勝殿の塾に入れていただいてもご迷惑をかけるだけでしょう」

「なんの、乱暴者の扱いはわしの得意じゃ。海軍塾の塾頭《じゅくとう》はわしじゃからまかせてつかあさい」

龍馬は自分の顔を指差して笑った。宗広は首をかしげて、どうする、と問うように陸奥を見た。陸奥は胸を張って、

「その海軍塾とやらに入ってやってもよろしゅうございます」

と答えた。入ってやってもいい、という傲慢《ごうまん》な言い方に宗広は眉《まゆ》をしかめた。

「また、さような乱暴を申すか。坂本殿に無礼であろう」

宗広は目を鋭くして叱《しか》った。しかし、龍馬はからりと笑った。

「失礼はわしのほうじゃき、叱らずにおいてください」

宗広が怪訝《けげん》な目を向けると、龍馬は悪びれることなく、

「先ほど、辛抱《しんぼう》たまらんで門前で小便をしちょりました。それを小次郎殿に見つけられてしもうたが、怒ったりはされんでした。度量の大きい若者じゃと思うちょったとこです」

と言った。宗広は苦笑して、

「はて、さようなことがありましたか。小次郎はひとの些細《ささい》な過《あやま》ちも見逃さず、目くじら立てて責めるところがある。狭量に過ぎるのではないかと思っておりました」

「そんなことはないきに。もっとも、ひとを許せるかどうかは、相性《あいしょう》ちゅうもんじゃ。どうやら、小次郎殿とわしは馬が合う気がするきに」

龍馬が声を立てて笑うと、宗広も笑い、陸奥が神戸の海軍塾に入ることはその場で決まったのである。

この時、陸奥は二十歳、龍馬は二十九歳だった。

勝海舟の海軍塾はこの年の九月に建物が完成、同じ場所に海舟の屋敷も建てられた。

この土地は、神戸村の庄屋、生島四郎太夫《いくしましろうだゆう》の斡旋《あっせん》で購入したもので広さは二千四百坪ほどだった。

海軍操練所は海軍塾から六町《ちょう》（約六百五十メートル）ほどのところにあった。海舟はこの海軍操練所で、やがてはわが国と清国《しん》、朝鮮との三国連合海軍を作りたいという夢を抱いていた。

龍馬もそんな海舟の構想に自らの夢を重ね合わせていた。後に海舟が著した『海軍歴史』には、

――土州《どしゅう》之人、坂本龍馬氏、我が塾に入り、大いに此挙《このきょ》を可とし、激徒を鼓舞《こぶ》す

とある。陸奥とともに海軍塾に入った者の中には、後に初代連合艦隊司令長官となり、日清戦争で清国海軍を打ち破る薩摩《さつま》の伊東祐亨《いとうすけゆき》や土佐勤王党《きんのうとう》の望月亀弥太《もちづきかめやた》、

北添佶磨《きたぞえよしまろ》（佶磨《きつま》）などがいた。

　海軍塾に入った初日、陸奥は海舟に会った。

　海舟は小柄《こがら》で西洋人のような彫りの深い顔立ちでよく光る目を持っていた。どこかから帰ったばかりなのか、ぶっ裂《さ》き羽織《ばおり》に馬乗り袴、陣笠《じんがさ》をかぶり、手にした鞭《むち》で肩を叩きながら、塾の敷地に入ってくると、

「龍馬──」

　と声高《こわだか》に呼んだ。

「なんですろう」

　龍馬は縁側《えんがわ》でのっそり答えると下駄《げた》を履《は》いて地面に下りた。

「なんですじゃねえ。おれは塾生を集めろと言ったんだ。札付《ふだつ》きの無頼《ぶらい》を集めろとは言ってねえぞ」

　海舟は縁側に出てきた十数人の男たちの顔をじろりと見て言った。

　龍馬はにやにや笑った。

「皆、立派な志士ですきに」

「だからそれがいかんと言っているんだ。おれが海軍塾で教えたいのは、将来わが国の海軍を担う武士だ。尊王攘夷と言い暮らしてただ飯《めし》食らう謀反人《むほんにん》じゃねえぞ」

巻《ま》き舌《じた》でまくしたてる海舟に、龍馬は相変わらずのんびり応じた。

「いや、皆、天下有為の士です。特に、そこにおる伊達小次郎は他日、必ずあっぱれの利器となるに違いないですろう」

伊達小次郎と聞いて、海舟は陸奥に顔を向けた。

「そこもとが紀州の伊達宗広殿のご子息か」

海舟に問われて、陸奥はうなずいた。すると海舟はつかつかと陸奥に近づいてから、

「先ごろ、紀州に参り、藩主の茂承《もちつぐ》公に拝謁の栄を得た。伊達宗興殿にもお見知りおきいただいた」

と思いがけず丁重《ていちょう》に挨拶《あいさつ》した。陸奥はむっとして、

「わたしはここにひとりの志士として来ております。実家のことを持ち出されるのは迷惑千万《せんばん》です」

と木で鼻をくくったような返事をした。さすがに、海舟は陸奥を睨《にら》んだ。

「おい、龍馬、やっぱりお前が集めた奴《やつ》らはろくでもないな」

海舟は振り向かず、陸奥を見すえたまま言った。

「そうですかのう。先生に媚《こ》びないところなど、なかなか反骨があって面白《おもしろ》いとわ

しは思いますがのう」

「こいつのは反骨じゃねえ。ただ、生意気《なまいき》なだけだ」

海舟は吐《は》き捨てるように言って龍馬に顔を向けた。

「それでも、天下有為の士であることは変わらんちゃ。無礼があったら、わしが謝《あやま》るきに」

龍馬はぺこりと頭を下げた。

海舟はふんと鼻で嗤《わら》って海軍塾の敷地から出ていった。残された塾生たちはいっせいに陸奥を睨んだ。

多忙な勝がせっかくやってきたのに、怒って帰らせた陸奥に腹を立てていたのだ。すると、龍馬が陸奥に近づいた。

ぽんと陸奥の肩を叩いた龍馬は、

「まっことおまんは偉《えら》いぜよ。天下の勝海舟をひと言で怒らせたきに、誰にでもできることやないちゃ」

と言った。陸奥はむっとして、

「いけませんでしたか」

ととげのある口調で訊いた。龍馬は陸奥の肩に手をかけ抱き寄せ、顔を近づけた。

「いかんちゅうはずがあるまい。これからもどんどんやれ。おまんが暴《あば》れりゃ、他の者はそんな気が失《う》せるき」

龍馬の目は笑っていた。陸奥は不意に何か温かいものを感じて、神戸にやってきてよかった、と思った。

海舟は明治になってから『氷川清話《ひかわせいわ》』で、

――陸奥宗光はおれが神戸の塾で育てた腕白者《わんぱくもの》であった。（中略）身の丈《たけ》にも似合わぬ腰の物を伊達に差していかにも小才《こざい》らしい風

だったとしている。さらに、海軍塾での陸奥の評判は悪く、塾生たちは、陸奥のことを、

――嘘《うそ》つき小次郎

と評していたとしている。大藩の重臣の子弟が脱藩して尊王の志を果たそうとしている話が信じられず、嘘に違いないと思われたのだ。龍馬は陸奥が〈嘘つき小次郎〉と塾生たちの間で呼ばれていると聞いて心配した。陸奥に向かって、

「おまん、大丈夫か。嘘つき小次郎などと呼ばれたら、果たし合いでもせないけんごとなるぞ」

と訊いた。陸奥は傲然《ごうぜん》として答える。

「かまいません。わたしは名を変えます。そうすれば、〈嘘つき小次郎〉などと言っても、それはわたしのことではありませんから」

悪口から逃れるために名を変えようという陸奥の奇抜な発想は、龍馬を面白がらせた。

「おまん、まっこと面白いことを考えるのう。それで、何という名にするんじゃ」

龍馬に訊かれて陸奥は昂然《こうぜん》と答えた。

「陸奥陽之助《ようのすけ》――」

むつようのすけ、と口の中でつぶやいた龍馬は、

「何で姓は陸奥なんじゃ」

と訊《たず》ねた。

「伊達は東北の姓ですから、同じ東北ということで陸奥にしました」

ああ、なるほど、と言って龍馬は少し馬鹿にしたように陸奥を見つめた。

「おかしいですか」

陸奥が言うと、龍馬は頭《かぶり》を振った。

「いや、そんなことはない。普通なら下の名だけ変えるところをおまんは姓まで変えた。誰にでもできることじゃないろう。ほんに、おまんは立派じゃ」

龍馬はおおげさに褒《ほ》めた。それだけに、陸奥は苦《にが》い顔になって、

「坂本さんはわたしを馬鹿にしているのですか」

「いや、そんなことはないきに」

龍馬は真面目《まじめ》な顔で言った。陸奥は開き直ったように口を開いた。

「坂本さん、わたしはひとに馬鹿にされるのは慣れています。江戸にいたころ、浅草《あさくさ》の雑踏《ざっとう》の中をひとにぶつからずに駆け抜ける稽古《けいこ》をしました。自分で言うのも何ですが、隼《はやぶさ》のように駆け抜けることができるようになりました。わたしは非力で剣術や柔術《じゅうじゅつ》は苦手ですから、せめて逃げ足の名人になろうと思ってやったのです。このことを友人たちに話すと皆、嘲笑《ちょうしょう》しましたが、わたしはいまでも間違っているとは思っていません」

龍馬はどんと陸奥の肩を叩いた。

「おまん、見直したぜよ。韓信《かんしん》の股《また》くぐりと同じじゃ。ひとは屈辱《くつじょく》に耐えて大事をなすとじゃ。おまんはきっと青史《せいし》に名を残す」

龍馬は愉快そうに笑った。

（あの笑い声に魅《ひ》かれて坂本さんについていったようなものだな）

陸奥はウィーンでオペラの舞台を見下ろしながら思った。

やがてオペラは大団円《だいだんえん》を迎えたらしく、主人公が舞台の中央ではなやかに歌い上げている。その歌詞の意味を知りたいと陸奥は思った。かたわらの通訳に訊くと、耳元に口を寄せて、

――男が一度決意したら、不可能なことはない

という歌詞だと言った。なるほど男性主人公が誇《ほこ》らしげに歌っている。

男が一度決意したら、不可能なことはない、その通りだと陸奥は思った。龍馬はそう思って生きていた。いや、龍馬だけではない。自分も維新まではそうだった。

いや、これからもそうでなければならない。

陸奥は自分に言い聞かせた。オペラ歌手の歌声が響く。

——男が一度決意したら、不可能なことはない

（坂本さん、わたしはあなたの志を継いでこれからも戦っていくつもりです）

陸奥ははなやかなオペラの舞台から笑いかけてくる龍馬を見た。

三

陸奥は翌明治十九年（一八八六）二月、一年九カ月に及ぶヨーロッパ遊学を終えて帰国した。父、宗広の墓参をかねて郷里を訪ねた後、五月には上京し、その後下谷根岸《したやねぎし》に居を構えた。

このころ伊藤博文はしきりに官途《かんと》につくよう陸奥に勧めていた。陸奥は身の振り方を思案しつつ、七月には亮子をともなって足尾《あしお》に赴いた。

陸奥の次男潤吉《じゅんきち》は足尾銅山の経営者、古河市兵衛《ふるかわいちべえ》の養嗣子《ようしし》となっていたから

だ。足尾には後藤象二郎《ごとうしょうじろう》、渋沢栄一《しぶさわえいいち》らとともに家族連れで行った。

亮子はひさしぶりに帰国した陸奥との旅行を喜び、笑顔が絶えなかった。陸奥はヨーロッパ遊学中にもたえず、亮子に手紙を送り続けていた。その手紙の中で陸奥は何度も、

――夫婦ハ道づれの旅人なれば晴雨寒暑かならず相共《あいとも》にすべく、このことハ同居いたし候《そうろう》も相別れおり候も決して相違なき事ニ候

と書いた。夫婦とは人生での道連れの旅人だから、晴雨や寒い暑いもともにすべきで、このことは同居していても離れて暮らしていても変わらない、というのだ。

陸奥の亮子への愛情は細《こま》やかで真摯《しんし》なものだった。

亮子への手紙では、もし暇《ひま》なおりがあるようだったら、新聞を読むように、と勧め、それも、

――新聞紙ハ東京日々《とうきょうにちにち》新聞よろしかるべし。小新聞ハ格別の益なし

と細々《こまごま》と指示し、このほか小説では『八犬伝《はっけんでん》』などを読んではどうかと言い添えている。また、運動が必要であるとして、

――毎日一度ヅ、ハ必ズ運動被成《なされ》候。（中略）御身《おんみ》ハ外出を好ミ申さず候《そうら》へバ、せめてハ一日ニ、三十分程の時間ハ庭へでも御出可被成《おんいでなさるべく》候。又夕おり〳〵ハ上野の公園などを歩行するもよろし

と毎日、運動することを勧め、妻が外出嫌《ぎら》いであることを知るだけに、一日三十分は庭に出ろ、たまには上野公園を散歩しなさい、とうるさいほどに忠告している。さらに、手紙の末尾を、

――御互ニまだ二十年はいき申すべくまま、行末《ゆくすえ》をたのしみ今日之不自由をおしのび可被成候

と結んでいる。ふたりとも後二十年は生きるのだから、将来のゆっくりした暮らしを楽しみにいまの忙しさを辛抱していこう、と語りかけている。

官途につくことを考えつつも、亮子との暮らしを大切にしたいという思いが陸奥にはあったのだ。

足尾で古河市兵衛のもてなしを受けた陸奥は、運動不足が心配な亮子を散策へと連れ出した。

あたりをふたりで歩いていると、ふと向こうから人力車に乗った外国人旅行者らしき人が来るのが見えた。

何者だろう、と思って立ち止まっていると、人力車も止まった。乗っていた白人が、

「陸奥さんではありませんか」

と声をかけてきた。

驚いた陸奥がしげしげと顔をみると、イギリスの外交官、

——アーネスト・サトウ
だった。

サトウはこの年、四十三歳。文久二年（一八六二）八月、イギリス外務省の通訳としてわが国に来て以来、すでに二十数年になる。

日本語を自在に駆使する練達の外交官で、

――おだてともっこにゃ乗りたかねえ
などと江戸っ子はだしの啖呵《たんか》を口にすることもできた。

高杉晋作《たかすぎしんさく》、木戸孝允《きどたかよし》、西郷隆盛らとも会い、第二代駐日公使、ハリー・パークスの対日政策の樹立を助けた。

特に、横浜の英字週刊新聞『The Japan Times』に寄稿した「英国策論」では日本の政治体制が天皇を元首とする諸侯連合であり、将軍は諸侯連合の首席にすぎないことを喝破《かっぱ》した。

イギリスの外交政策だけでなく、尊攘派が倒幕を視野に入れるきっかけを作ったとさえ言われる。明治十五年（一八八二）まで日本で勤務し、その後はバンコクでシャム（タイ）の総領事になっているはずだった。

サトウは坂本龍馬の海援隊にいたころの陸奥を知っている。人力車を降りると、陸奥に挨拶し、ひさしぶりに日本に来て日光《にっこう》から足尾まで旅を楽しんでいるところだと言った。

陸奥が慇懃《いんぎん》に応じると、サトウは、

「いつイギリスから戻られたのですか」

と訊いた。

「先日です」

陸奥は言葉少なに答える。サトウは興味深げに陸奥を見つめた。

「帰国したからには政府に仕《つか》えるのでしょうな」

単刀直入な問いに陸奥は苦笑した。

「そうなるでしょうな」

「政府に入って何をなさるのですか」

「まだ、考えておりませんが、伊藤公が憲法を制定しようとされているのでそれを手伝うかもしれません」

陸奥は淡々《たんたん》と答えた。サトウはうなずいて、

「憲法制定は大事業です。たしかに多くのひとの力が要《い》るでしょう。しかし、憲法を制定した後、真っ先にしなければならないことがあります。陸奥さんはそれをしようとしているのではありませんか」

と言った。陸奥は眉をひそめた。

「真っ先にしなければならないこととは何でしょうか」

サトウはおかしそうに笑った。

「それをわたしに言わせるのですか。不平等条約の改正です」

ほう、と言いつつ、陸奥は目を光らせた。

さすがにサトウは鋭《するど》い、と思った。

陸奥がシュタインに学びつつ考えたのは、これからのわが国が世界の中で欧米諸国と対等な位置を占めていかなければならない、ということだった。

そうでなければ憲法制定も何の意味もない。

幕末、開国を求める欧米諸国と幕府は様々な条約を結んだが、そのほとんどがわが国に不利な不平等条約だった。

明治四年（一八七一）に欧米諸国を視察するため出発した岩倉遣欧《けんおう》使節は条約改正について各国に非公式に打診した。

だが、アメリカ以外はきわめて消極的であった。

このため明治六年、寺島宗則《てらしまむねのり》外務卿が、まず関税自主権の回復を求めて改正交渉に入った。アメリカとの交渉はうまくいき、明治十一年に関税自主権を含む新条約を締結した。しかしイギリスなどが応じなかったため、全面的な条約改正には至らなかった。

明治十二年（一八七九）には寺島の後をついで井上馨《いのうえかおる》が外務卿に就任《しゅうにん》した。その後、条約改正の実現に尽力してきたが、はかばかしい成果はあがっていなかった。

それでも明治十七年八月に条約改正の方針を列国に通告し、ようやく条約改正会議の開催を提案した。

そして明治十九年（一八八六）五月、東京で列国も参加しての条約改正会議が開催されるに至った。だが、関税引き上げと治外法権の一部撤廃《てっぱい》などの条約改正について各国の思惑もあり、なかなか話が進んでいないのが実情だった。

陸奥はサトウを見つめた。

「イギリスは条約改正に応じるつもりがあるのでしょうか」

サトウは微笑して頭を振った。

「どうでしょうか。各国ともいったん得た利権はなかなか手放しません。それがヨーロッパの流儀なのですよ」

「では、そのような難事をなぜわたしにさせようとするのですか」

陸奥はサトウの目を覗《のぞ》き込むようにして訊いた。

「井上さんでは無理だと思うからです」

陸奥は首をひねった。

「井上さんが無理なことなら、わたしでも無理でしょう」

「違います。井上さんはヨーロッパを恐れるあまり、卑屈《ひくつ》になっている。あれでは無理なのです。ヨーロッパの国は相手が卑屈な態度をとれば見下《みくだ》すばかりでまともに相手にしようとはしません」

サトウはかすかに嘲《あざけ》りの色を浮かべた。

「鹿鳴館《ろくめいかん》ですか」

ため息をついて陸奥は言った。

井上はわが国が東洋における、

――欧州的新帝国

になることが条約改正への近道だと思い、急速な西欧化に努めていた。その中で作られたのが、

――鹿鳴館

だった。このころ東京府麴町《こうじまち》区内山下町《うちやましたちょう》に「外国人接待所（迎賓館《げいひんかん》）」として、外国人の宿泊、接待を目的とした施設が外務省の計画で建設された。

建築設計家ジョサイア・コンドルの設計により、明治十三年（一八八〇）に着工、同十六年十一月に開館した。

『詩経《しきょう》』の鹿鳴篇からとって、群臣嘉賓《かひん》を招く場という意味で鹿鳴館と名づけられた。煉瓦造《れんがづくり》二階建、総建坪《たてつぼ》四百六十六坪、二階中央に大舞踏室《だいぶとうしつ》があった。

開館後は、夜会や舞踏会、バザー、演奏会などが頻繁《ひんぱん》に催《もよお》され社交場としてにぎわっていた。だが、男女が洋服、ドレスを着てダンスに明け暮れる様を国辱《こくじょく》であると悪評を放《はな》つ者も多かった。

「やはり、鹿鳴館ではわが国への評価をあらためてはもらえませんか」

「日本人に舞踏会は似合わない気がしますね」

サトウはつめたく言い放った。しかし、陸奥のかたわらに立つ、亮子にふと目を遣って、

「失礼ながらお嬢様ですか」

と訊いた。

「妻です」

陸奥は憮然《ぶぜん》として答えた。戸惑いながら、頭を下げる亮子を見つめるサトウの目に讃嘆《さんたん》の色が浮かんだ。しばらく考えたサトウは、

「たったいま、失礼なことを申し上げたが取り消しましょう。日本人すべてが舞踏会が似合わないわけではない。奥様がお出《い》でになれば、鹿鳴館だけでなくロンドンでもパリでも社交界の華になり、日本への評価を改めさせることでしょう」

「ご冗談《じょうだん》を」

陸奥は笑ったが、サトウは真剣な表情で言い添えた。

「わたしはめったに女性の美を褒めないのですよ。しかし、奥様は違う。ぜひ鹿鳴館にお出でになるべきだ」

サトウの言葉はお世辞《せじ》ではなかった。

この日のサトウの日記には、

——陸奥の二度目の夫人、若くてたいへんな美人、すずしい眼とすばらしい眉。
Mutsu's second wife, a very pretty young woman, with fine eyes and splendid eyebrows.

と書かれている。

陸奥は亮子に目を遣った後、サトウに顔を向けた。

「よいことを教えてくださった。感謝します」

「奥様を鹿鳴館にお連れになりますか」

サトウは興味ありげに訊いた。

「連れていきましょう。ですが、それだけで条約改正ができるほど甘くないことはあなたが一番、ご存じのはずです」

　陸奥が言うとサトウはうなずいた。

「もちろん、そうです。しかし、少しは役に立つかもしれません」

　サトウの口調には冷淡な響きがあった。

　陸奥は底響きする声で言った。

「わたしもそのことは承知しています。しかし、戦《いくさ》には最初の一矢《いっし》、わが国では鏑矢《かぶらや》と言いますが、それを放つ必要がありますから。そのために鹿鳴館に行きましょう」

　陸奥の言葉にサトウは息を呑《の》んだ。

「条約改正は戦ですか」

「当然ではありませんか。幕末に尊王攘夷を唱《とな》えて多くの志士が倒れていったのは、力によって開国を迫る欧米列強に対し、対等の立場に立とうとするためでした。その志を継ぐならば、条約改正はなしとげなければならないのです」

　サトウは冷徹《れいてつ》な目で陸奥を見つめた。

「だが、各国は強欲《ごうよく》ですよ。テーブルの上での交渉だけではとても無理でしょう」

「わかっています。わたしはヨーロッパでドイツのビスマルク宰相の成功を見ました。すなわち、すべては鉄と血によって購《あがな》わなければならないようです」

「それは――」

サトウは絶句した。

かたわらで亮子が不安げに陸奥を見つめている。


間もなくサトウは人力車に乗って去っていった。

陸奥が古河の屋敷に戻ろうと歩み始めると亮子が訊いた。

「旦那様《だんなさま》がいましがた言われたことは恐ろしいお話のように聞こえましたが」

おそるおそる訊く亮子に陸奥はやさしく答えた。

「そうだろうね。条約改正のためには戦争も辞さないと言ったのだから」

「本当にそんなことになるのでしょうか」

亮子は不安を隠せない顔で訊いた。いつもやさしい陸奥が激しい言葉を使うのを初めて聞いたのだ。

「そんなことはないよ。イギリスを少し脅《おど》しておこうと思って言ったのだ。あの国は相手がおとなしければ侮《あなど》るだけだからね」

亮子はほっとしたように、

「それならばようございました」

と言った。陸奥は微笑しつつ、

「しかし、鹿鳴館に行こうと言ったのは本当だよ」

「わたしも行くのですか」

亮子は眉をひそめた。

陸奥は亮子を見つめてうなずいた。

「そうだ。これから、ふたりで日本のために戦うのだ」

亮子の目に愁《うれ》いの色が浮かんだ。

陸奥亮子が鹿鳴館で開かれた舞踏会に出て、伯爵《はくしゃく》戸田氏共《とだうじたか》の夫人、極子《きわこ》らとともに、

——鹿鳴館の華
と呼ばれるのは間もなくのことである。

四

陸奥宗光の屋敷を伊藤梅子《うめこ》が訪ねてきたのは、九月に入ってのことだった。

梅子は伊藤博文の夫人だが、元は下関《しものせき》の芸妓で小梅《こうめ》と名のっていた。

梅子は長州藩の港町だった下関の貧しい家に生まれ、亀山八幡宮《かめやまはちまんぐう》そばの茶屋で家族を養うために働いていた。そのころ、長州尊攘派の下《した》っ端《ぱ》志士だった伊藤と知り合った。

伊藤は幕末、藩の密命を受けてイギリスに留学した。このことが伊藤の運命を大きく変えた。当時、長州藩は過激化して下関沖を通過する外国商船に砲撃を加え、イギリス、フランス、オランダ、アメリカとの間に、

――馬関《ばかん》戦争
を起こしていた。イギリス留学で西欧の進歩と実力を痛感した伊藤は井上馨とともに急遽《きゆうきよ》、イギリスから帰国して戦争をやめさせようとした。このため周囲から裏切り者として命を狙《ねら》われた伊藤は、下関に逃げて商家の土蔵《どぞう》に隠れた。梅子と出会ったのは、このころだった。

梅子は、芸者見習いとして置屋《おきや》に引き取られた。貧しい暮らしの中、文字を知らなかったが、伊藤に手紙を書きたいと思って手習いを始めたという。

伊藤と梅子の仲は深まり、とうとう伊藤は妻と別れ、置屋の主人に梅子をもらい受けて夫婦となった。

長州尊攘派の大立者《おおだてもの》である桂小五郎《かつらこごろう》こと木戸孝允も京の芸妓、幾松《いくまつ》を妻としており、志士が芸者を妻とすることは当時珍しくはなかった。

伊藤が明治政府の高官となり、井上とともに鹿鳴館外交、つまり舞踏会や演奏会を頻繁に開催し、日本が対等な条約を結ぶのにふさわしい国だと外国人に印象づけようとすると、梅子は政府高官の妻として率先して外国人たちをもてなした。

そのために梅子は英語や西洋の社交ダンスを熱心に学んだ。さらに、鹿鳴館では、

――婦人着服はローブ・デコルテの事、男子着服は燕尾服《えんびふく》の事

と定めていたため、梅子は宮中の女官《にょかん》たちにも洋装を取り入れようと努力した。裁縫師《さいほうし》ですら直接ふれることができない皇后《こうごう》のサイズを測り、ドレスを作った。何事にも熱心な梅子は明治《めいじ》天皇や皇后からも厚い信頼を得た。

もっとも、下関の芸者上がりだけに、鉄火肌《てっかはだ》なところがあり、伊藤と親しい政治家が屋敷に訪れるといつも内緒で花札《はなふだ》をして、賭博《とばく》嫌いの伊藤を困惑《こんわく》させた。また、伊藤と碁《ご》を打っても勝つのはいつも梅子だったという。

この日、陸奥は所用で外出しており、妻亮子が客間にしている座敷で応対をした。

白地《しろじ》に秋草模様《もよう》をあしらった着物姿の梅子は、元芸者らしくさばけた様子で、

「伊藤からお伝えしたいことがあって来たんですけど、ちょうどようございました。奥様を鹿鳴館にお連れするようにと言われておりますのさ」

と言った。紺地《こんじ》の質素な着物を着た亮子は眉をひそめた。

「鹿鳴館でございますか」

すでに陸奥から鹿鳴館に行くことは告げられていた。だが、洋装のドレスを着てダンスをするなど、とても自分にはできそうにない、と亮子は尻込《しりご》みしていた。

梅子はそんな亮子の気持を察しているから、わざわざ訪ねてきたらしい。明るい笑顔で、

「舞踏会っていったって、お座敷の踊りに比べれば楽なもんですよ。殿方《とのがた》の肩につかまってゆらゆら揺れてりゃいいんですから」

と言った。しかし、亮子は伏し目がちになり、ため息まじりに返事をした。

「そうかもしれませんが、わたしにはとても——」

憂《うれ》いを帯びた亮子の表情はひときわ美しい。そのことを感じて梅子はかすかに嫉《しっ》

妬《と》したが、利口《りこう》な女だけにそんな感情はおくびにも出さず、

「大丈夫ですよ。あなたは舞踏会にいるだけで華になるんですから、どんな殿方だってぼーっとなりますよ。もっとも、陸奥さんは他の男があなたを見つめていたら許さないでしょうけどね」

梅子はくすくすと笑った。

「そんな――」

亮子は困った顔をした。梅子はそんな亮子に付け込むように、

「だって、あなたは鹿鳴館に行ったことがあるじゃありませんか。いまさら嫌《いや》だは通りませんよ」

と軽く睨んで言った。

亮子は頬《ほお》を染《そ》めて、またうつむいた。

鹿鳴館の開館式は明治十六年（一八八三）十一月二十八日に行われた。井上馨外務卿夫妻が主人役を務めた。井上は胸をそらして、

「西洋諸国と交際を親密にし、以《もっ》て今日の友情好意をますます鞏固《きょうこ》ならしめん」

と挨拶した。朝野《ちょうや》内外の貴顕《きけん》男女、千二百人が招かれて舞踏会が行われた。花火が打ち上げられ、夜には横浜に帰る外国人のために横浜行き臨時列車も運行され

るという、大がかりではなやかな開館式だった。

さらに翌年、六月にはわが国で初めてのバザーが、

――婦人慈善会

として行われた。鹿鳴館の二階の部屋を会場とし、陳列棚《ちんれつだな》を緑葉で装飾し、日章旗を交叉《こうさ》させた。棚には手袋、襟巻《えりまき》、造花、押絵《おしえ》から、巾着《きんちゃく》、人形、扇子《せんす》、手巾《しゅきん》までバザーの品、三、四十種、三千点余りを展示した。棚ごとに松方正義夫人、西郷従道《つぐみち》夫人、大山巖《おおやまいわお》夫人らが担当した。展示即売の棚のほか、書画展や喫煙《きつえん》、茶菓《さか》の店なども設けられて客でにぎわった。

上流階級の夫人たちが慈善活動を行うバザーは、これまでわが国の風習になかったことだけに人気を呼んで評判となり、錦絵《にしきえ》にも描かれた。入場者は会期中一万二千人に達し、収益金は八千円に上った。このときのバザーは三日間にわたって行われ、売上金は看護婦養成所設立のために寄付された。

翌明治十八年四月、さらに十一月にも慈善会が開かれた。特に十一月の慈善会には皇太后《こうたいごう》、皇后両陛下の行啓《ぎょうけい》があった。皇太后、皇后両陛下は会場をご覧になるとともに出品物もお買上げになったのだ。

これらの慈善会の収益金は、有志共立東京病院などに寄付され、社会福祉に貢献《こうけん》

したのである。

亮子は梅子から誘《さそ》われて、このバザーに参加していた。陸奥が留学して留守の間ではあったが、政府の要人の夫人たちがそろう婦人慈善会に顔を出すのは、内助の功になることだ、と梅子に説《と》かれたからだった。

夫人たちの中には洋装も珍しくなかったが、亮子は地味《じみ》な和服で出かけた。それでも亮子の美貌《びぼう》は夫人たちの注目の的《まと》となった。

井上馨夫人の武子《たけこ》は目敏《めざと》く亮子に気づいて、

「あの方はどなたなの」

と梅子に訊いた。武子も女を値踏《ねぶ》みする目になっていた。

「陸奥様の奥方ですよ」

梅子も囁《ささや》くように答えた。

「そう――」

うなずいた武子は梅子と目を見かわした。このとき、ふたりは亮子をぜひとも鹿鳴館の舞踏会に呼ばなければ、と思った。

舞踏会の花形は何と言っても美女である。いまの鹿鳴館は、大山巌夫人の大山捨《すて》松《まつ》が人気を集めていた。

捨松は会津《あいづ》藩家老《かろう》山川尚江《やまかわなおえ》の末娘で、幼名を咲子《さきこ》といった。幼少のころ会津戦争を経験し、陸奥、斗南《となみ》への移住などの苦難にあった。

明治四年（一八七一）、北海道開拓使派遣《かいたくしはけん》の官費女子留学生の一人として、津田《つだ》梅子らとともに渡米した。牧師の家に寄宿して地元の高校を卒業、バッサー大学の正規課程を修め、さらに、コネティカットの看護婦養成学校で研修を受けた。帰国後、参議、陸軍卿の大山巌と結婚した。

捨松は美貌で日本人離れした体型を持っており、アメリカ留学で洗練された語学力が身についていた。さらにダンスも上手《じょうず》でまさに鹿鳴館の華だった。しかし、捨松ひとりに人気が集まれば、せっかく舞踏会に出てきたほかの夫人たちが面白くないだろう。それだけに、武子と梅子はかねてから、

「やはり二枚看板じゃないと」

「誰か捨松さんと並ぶようなひとはいないでしょうか」

と話し合っていたのだ。

そして陸奥亮子こそ、ふたりの眼鏡《めがね》にかなった女性だった。

亮子は、鹿鳴館のバザーには参加したのだから、と梅子に言われて、これ以上は断り切れない、と思った。

「わかりました。参ります」

亮子がようやく承諾《しょうだく》すると、梅子はにこりと笑った。

「ようございました。さすがは陸奥様の奥様でございます」

「陸奥には叱られないでしょうか」

亮子が不安げに言うと梅子は頭を横に振った。

「そんなことはございません。鹿鳴館のことを世間じゃ、西洋かぶれだの、猿真似《さるまね》だのと悪口を言いますが、これは女の戦いなんですよ」

「女の戦い――」

亮子は目を瞠った。

梅子はうなずく。

「伊藤は、日本が外国から馬鹿にされているから、外国のやり方を全部やってみせるのだと言ってます。いまの日本はね、なりふりなんてかまっちゃいられないんですよ。できることを必死でやんなきゃいけない。戦だと思えば、西洋人の服を着ることぐらいなんでもありゃしません」

梅子はそう言った後、もっとも、あのローブ・デコルテとかいうのも、なかなか乙《おつ》なものですよ、と言いながら片目をつぶって見せた。

「そうなのですか」

何となく答えながら、やはり尊攘派の志士を夫にして幕末の動乱を潜《くぐ》り抜けてきた梅子は肚《はら》が据《す》わっている、と思った。夫の危難と思えば、着物の裾を端折《はしょ》り、素《す》足《あし》ででも駈《か》け出そうという気概《きがい》が見えた。

（わたしもそうでなければ――）

そう思うのだが、やはり、明治の世は自分たちがつくったと自負する薩長の女たちと、妾腹とはいえ旧幕臣の娘である自分とでは、どこかで覚悟の据え方が違うようにも思えた。

梅子たちには、何としてでもいまの世で生き残ってやろうという気概のようなものがある気がする。それに比べて、わたしはこの世の隅《すみ》ででも生きていくことができたら、それでいいのではないか、と思ってしまうのだ。

そんな思いは夫の陸奥も同じなのではないだろうか。夫ほどの才があるひとはいまの政府にもそうはいないような気がする。

しかし、夫は紀州和歌山藩の名門の生まれだけに、あたかも獲物《えもの》を争い、貪《むさぼ》り食う獣《けもの》がひしめく世の中を疎《うと》んじるところがありはしないか。

それでも、何事かをなしたい、という志は失わないひとだけに、自らを駆り立てて、そのような獣の争いに入っていこうとしているようにも思える。

（そうでなければ生きられないのだろうか）

それは、虚《むな》しいことであり、悲しいことのようにも思えるが、イギリスから帰国した夫は自らのなさねばならぬことを見出《みいだ》し、それへ向けて足を踏み出そうとしているようだ。

夫が鹿鳴館のことをどう考えているのかは、知りようもない。だが、少なくともいまは鹿鳴館に向かって歩き出そうとしているのはたしかだ。

だとすると、わたしはともに歩むしかない。

亮子はため息とともに、梅子に向かって、

「わたくし、鹿鳴館に参ります」

と告げた。

梅子は大きくうなずいて、

「陸奥様も喜ばれましょう」

とすかさず、言った。

梅子の額《ひたい》にはいつの間にか玉のような汗が浮いていた。亮子は物静かでおとなしげだが、なぜか対する相手に緊張を強《し》いるところがある。

それは美しいものへの畏怖《いふ》の念ゆえだろうか。

五

陸奥はこの日、銀座に出ていた。

赤煉瓦造りの西洋料理店で友人と会食するためである。友人とはかつての海援隊の同志、

石田英吉《いしだえいきち》
菅野覚兵衛《すがのかくべえ》

だった。

石田英吉は、この年、四十八歳。髪に白いものが交じり始めている。

土佐藩の医師の家に生まれ、大坂の適塾《てきじゆく》で緒方洪庵《おがたこうあん》に師事し、蘭方医《らんぽうい》となる修業をした。だが、しだいに尊王攘夷の運動にのめり込み、土佐勤王党の吉村寅太郎《よしむらとらたろう》とともに天誅組《てんちゆうぐみ》に加わって、文久三年（一八六三）、大和《やまと》挙兵に参陣した。

この戦いで敗れると長州に落ち延び、高杉晋作の奇兵隊《きへいたい》創設に関《かか》わるなどした後は、坂本龍馬とともに亀山社中《かめやましゃちゅう》や海援隊の結成に参加した。幕府が長州を攻めた際の下関海戦では、龍馬の命《めい》によりユニオン号の指揮を任せられ、戦果をあげた。龍馬が暗殺された後は海援隊のまとめ役のひとりだった。落ち着いた性格で人望があった。

維新後は秋田県令《けんれい》を務め、地方官を歴任し、このときは元老院《げんろういん》議官で、留学から帰った陸奥とひさしぶりに会おうということになったのだ。後に陸奥は農商務大臣に就任した際、英吉を次官に迎えて相談役にしている。

菅野覚兵衛は土佐藩の庄屋の三男に生まれた。この年、四十五歳。兄が病弱だったため、庄屋を代行していたが、武市半平太《たけちはんぺいた》の土佐勤王党に加盟し尊王攘夷派となった。文久二年（一八六二）、土佐藩主、山内容堂《やまうちようどう》を警護する五十人組に加わり江戸に赴く。

この際、坂本龍馬から勧められて勝海舟の弟子となり、神戸海軍操練所にも入った。勝が軍艦奉行《ぐんかんぶぎょう》を罷免《ひめん》され、その影響で神戸海軍操練所が閉鎖されると、覚兵衛は龍馬や陸奥らとともに長崎で亀山社中を結成して貿易を行った。その後も海援隊の隊士として活躍する。龍馬の死後、戊辰《ぼしん》戦争では奥羽《おうう》地方を転戦、明治になってからは、アメリカに留学した。

帰国後、海軍省に入り、艦政局運輸課長、横須賀鎮守府《よこすかちんじゅふ》建築部長などを務める。西南戦争のおりは、鹿児島の海軍造船所次長として赴任《ふにん》した。西郷側の私学校生徒が海軍の弾薬《だんやく》を奪おうとした際、弾薬を水に浸《ひた》して防いだ。しかし、この対応が評価されず、不遇《ふぐう》のまま海軍を去るしかなかったのだ。

その後は、福島県郡山《こおりやま》市の安積《あさか》原野に入植し開拓事業に参加していた。海援隊にいたころから、

——暴れん坊
の評判があったが、龍馬の妻お龍《りょう》の妹君江《きみえ》を妻にしており、龍馬とは義兄弟の間柄《あいだがら》である。

陸奥とともに西洋料理店のテーブルを囲んだ精悍《せいかん》な英吉は洋服、開墾《かいこん》で日に焼けた覚兵衛は羽織袴《はおりはかま》姿だ。

陸奥はワイングラスを手に、

「ひさしぶりですな」

と挨拶する。

「おお、まことにな」

英吉が顔をほころばせながらグラスを合わせる。覚兵衛も気難し気《げ》な表情を浮かべながらも乾杯《かんぱい》の仕草をした。陸奥は笑みを湛《たた》えて、

「それにしても、わたしたちもよく生きのびたものだ」

とつぶやくように言った。

給仕がカツレツとスープ、サラダを運んできた。

英吉はため息をつく。

「ああ、このような身なりをして西洋料理を食う。幕末には考えられんかったことだ」

覚兵衛が、ふんと鼻を鳴らした。

「坂本さんが生きていれば、われらは皆、政府高官としてふんぞり返っていただろう。その時は西洋料理など珍しくもないさ」

「坂本さんなら大喜びで西洋の酒を飲み、料理に舌鼓《したつづみ》を打っただろう」

「ああ、まったくその通りだ」

陸奥は笑った。英吉はナイフとフォークを使ってカツレツを口に運びながら、

「坂本さんにいまの世の中を見せてやりたかった」

と言った。覚兵衛は頭を振った。

「案外、気に入らぬかもしれんぞ。特に鹿鳴館のような西洋かぶれはな」

吐き捨てるような覚兵衛の言葉に陸奥は微笑《ほほえ》んだ。

「わたしは今度、鹿鳴館に行くつもりだ」

陸奥は微笑して言った。

覚兵衛はじろりと陸奥を見た。

「ほう、陸奥もイギリスに留学したら、すっかり西洋かぶれして帰ってきたか」

「菅野さんだってアメリカに行っていたじゃありませんか」

「アメリカとイギリスは違うよ。アメリカは王がいなくて国民が大統領を選ぶ国だからな」

覚兵衛は素《そ》っ気《け》なく言った。

「では、わが国もそうなればいい」

英吉が眉をひそめた。

「帝《みかど》がおられるのだぞ。それなのに帝をしのぐ大統領を選ぶのか?」

「わが国では帝は徳をもって天下を治め、政《まつりごと》は臣下である将軍にまかせてこられたではないか。それと同じことだ」

陸奥が淡々と言うと覚兵衛は笑った。

「それは旧幕《きゅうばく》までの話だ。いまの世はそうではあるまい」

上品な手つきでカツレツをナイフで切りながら、陸奥はひややかに言った。

「帝が政を行うというのは、薩長藩閥がおのれの野望を誤魔化《ごまか》すために仕組んだ詐《さ》術《じゅつ》でしかない」

英吉がワイングラスを口元に運んだ。

「そうは言うが、旧幕のとき犬猿《けんえん》の仲だった薩摩と長州の手を結ばせたのは坂本さんだ。お主《ぬし》は坂本さんの仕事を貶《けな》すのか」

「そんなことはない。わたしはいまも海援隊士のつもりです。海援隊がなそうとしたことをするつもりだ」

英吉と覚兵衛は顔を見合わせた。

「そうか、わしはお主が紀州藩の三浦休太郎《みうらきゅうたろう》を天満屋《てんまや》に襲った後、消息を絶ったから海援隊士であることは辞《や》めたのだと思っていた」

覚兵衛は苦笑いした。英吉もうなずいて、

「それはわたしも同じだ。目端《めはし》の利《き》くお主のことだからな、そういうこともあるだろうと思っていた」

「すまなかった。あれはわたしの勇《いさ》み足《あし》だった」

陸奥は軽く頭を下げた。

この三人で会えば坂本が暗殺された話になるのはわかっていた。そのうえで陸奥は言っておきたいことがあるのだ。

慶応《けいおう》三年（一八六七）十一月十五日——

龍馬は潜伏先《せんぷくさき》の京都河原町《かわらまち》の近江屋《おうみや》でたまたま居合わせた陸援隊長《りくえんたいちょう》の中岡慎太郎《なかおかしんたろう》とともに京都見廻組《みまわりぐみ》に襲われ、暗殺された。

この日、陸奥はたまたま京にいた。急な報《しら》せを聞いて海援隊士の白峰駿馬《しらみねしゅんめ》とともに近江屋に駆けつけると龍馬は絶命していた。

陸奥は龍馬の亡骸《なきがら》にすがって号泣《ごうきゅう》した。龍馬は陸奥にとって得難《えがた》い先達《せんだつ》だった。性格が激しく、まわりとぶつかりがちな陸奥の才能を見出して引き立ててくれたのは、心が広やかな龍馬だったからだ。龍馬は陸奥に、

「海援隊の中でも両刀を脱して生きていけるのは、おんしとわしだけじゃろう」

と言ってくれたことがある。

龍馬の言葉が陸奥にとっては何よりの支えだった。

その龍馬が死んだ。

　陸奥は、これからどうしたらいいのだ、と呆然《ぼうぜん》とするしかなかった。十七日には、菅野覚兵衛と長岡謙吉《ながおかけんきち》、高松太郎《たかまつたろう》、関雄之助《せきゆうのすけ》、安岡金馬《やすおかきんま》などの隊士が大坂から駆けつけた。

　葬儀は翌、十八日だった。

　龍馬とさらに中岡慎太郎、事件に巻き込まれて死んだ龍馬の従僕《じゅうぼく》、藤吉《とうきち》の遺体は海援隊と陸援隊、さらに土佐や薩摩の志士たちによって東山《ひがしやま》の麓《ふもと》に葬られた。

　海援隊士たちは龍馬の仇《かたき》を討つため、何者が襲ったのかを必死で探った。そのおり、陸奥は和歌山の出身で神戸で材木商を営んでいた加納宗七《かのうそうしち》から紀州藩の用人《ようにん》、三浦休太郎が襲撃の黒幕ではないかと聞き込んだ。

　この年、四月に伊予《いよ》国大洲《おおず》藩所有で海援隊が借り受けて長崎港から大坂に向かっていた「いろは丸」が、長崎港に向かっていた紀州藩の軍艦「明光丸《めいこうまる》」と備中《びっちゅう》国笠岡《かさおか》諸島付近で衝突《しょうとつ》する海難事故があったのだ。

　いろは丸は間もなく沈没し、搭乗していた龍馬はじめ海援隊士は明光丸に乗り移った。その後、龍馬は長崎で紀州藩側と賠償《ばいしょう》交渉を始めた。

　機略に長けた龍馬は、いろは丸が三万五千両相当のミニエー銃四百挺《ちょう》や金塊《きんかい》など四万八千両相当額の荷を積んでいたと主張した。また、龍馬は事故の際に明光丸の航海日誌などを押さえており、有利に談判を進めた。

龍馬は万国公法《ばんこくこうほう》を持ち出して紀州藩側の過失を追及し、さらに遊里で、

――船を沈めたその償《つぐな》いは

金を取らずに国を取る

という小唄《こうた》を流行《はや》らせて世間の評判を得るなどして紀州藩を追い詰めた。この結果、事故からひと月後に紀州藩が折れ、賠償金八万三千両余りを支払うことが決まった。

紀州藩側は龍馬の手玉にとられただけに恨《うら》み骨髄《こつずい》に徹した。しかも、龍馬が討幕派の巨魁《きょかい》であることも伝わった。

賠償金はその後、七万両に減額されて十一月七日に長崎で支払われた。龍馬が暗殺されたのはその八日後である。

海援隊士たちは紀州藩を疑っていただけに、陸奥がもたらした情報に飛びついた。何よりも陸奥自身が加納の話を信じて、三浦休太郎への復讐《ふくしゅう》を唱えた。

十二月七日――

陸奥は海援隊士たち十六人で三浦が投宿《とうしゅく》していた京、油小路《あぶらこうじ》花屋町《はなやまち》下ル天満屋に斬《き》り込んだ。この時、三浦は新撰組《しんせんぐみ》隊士に護衛されており、酒宴を開いていたと

いう。

海援隊士の高松太郎が襲撃した隊士から聞いた話を次のように書き残している。

――敵の人数十九人を斃《たお》す。手負《てお》い す者八人と聞く。味方一人死す。手負三人。乱れ皆よく苦戦す。のがるる者は追て斃し、或《あるい》はピストルにて打ち、大に心よく復《ふっ》仇《きゅう》して速《すみやか》に退《ひ》く。

実際には高松が書き残したほどではなかったが、護衛の新撰組と戦い、三浦の顔面に刀傷《かたなきず》を負わせた。海援隊士としては復讐を果たしたとも言えるだろう。だが、維新後になって三浦は龍馬暗殺の黒幕ではなかったことがわかった。

陸奥は自らの出身藩が龍馬を殺したと思い込んだだけに、焦《あせ》って三浦を襲ったのだ。

「坂本さんはじめ、死んだ者が多いな」

覚兵衛が思い出しながら、

「池内蔵太《いけくらた》、長岡謙吉――」

と名前をあげた。

池内蔵太は、土佐藩の郷士で武市半平太と共に土佐勤王党の結成に尽力した。脱藩して長州藩に逃げ込み、長州軍の遊撃隊参謀《ゆうげきたいさんぼう》となった。その後、天誅組の反乱に参加して天誅組が壊滅《かいめつ》すると京都に潜伏し、長州藩が軍を率いて〈禁門《きんもん》の変〉を起こすと、長州軍の忠勇隊《ちゆうゆうたい》を指揮した。

坂本龍馬が亀山社中を結成すると、池はこれに加わったが、長崎から薩摩藩へ小型帆船《はんせん》、ワイルウェフ号を回航する途中で台風のため難破《なんぱ》し、死亡する。享年《きようねん》二十六。あまりに若すぎる死だった。龍馬は池を自分の後継者として期待していただけに、

「わしより先に死ぬ奴があるか」

と嘆いたという。英吉がうなずく。

「池はもちろんだが、長岡は惜《お》しかったな。坂本さん亡き後の海援隊を担う人材だった」

ああ、と覚兵衛が応じると、陸奥はすかさず、

「菅野さんは長岡さんと仲が悪かったのかと思っていた」

と言った。覚兵衛は手を振った。

「そんなことはない」

長岡謙吉は高知城下の医師の子として生まれた。少年のころ河田小龍《かわだしょうりゅう》の下《もと》で蘭学に励んだ。その後は江戸や大坂に遊学して、医学や文学を学んだ。安政六年（一八五九）には家業の医師を継ぐため、長崎で二宮敬作《にのみやけいさく》に西洋医学を学んだ。

その後、脱藩して長崎に赴き、龍馬の下で海援隊に参加した。

龍馬は長岡を高く評価し、海援隊の通信文書の作成など、事務処理のほとんどを長岡に一任した。

龍馬が大政奉還《たいせいほうかん》後の構想をまとめた、

――船中八策《せんちゅうはっさく》
を文章化したのは長岡である。『閑愁録《かんしゅうろく》』や『和英通韻以呂波便覧《つういんいろはびんらん》』を出版し、また『万国公法』版行を計画するなど文化事業も行った。龍馬が暗殺されると、海援隊の二代目隊長に選ばれた。戊辰戦争では、海援隊を率いて、瀬戸内海の小豆《しょうど》島《しま》や塩飽《しわく》諸島などを占領したのである。

明治維新後は三河《みかわ》県知事、大蔵省、工部省などに勤務したが、明治五年（一八七二）に東京で病没した。享年三十九。

「皆、国政をまかせて足る人材であったな」

英吉が大きく吐息《といき》をついた。

陸奥は鋭い目になった。

「石田さん、もし、坂本さんが生きていたら、いま何をしているでしょうか」

英吉は腕を組んで答えた。

「世界の海援隊じゃろう。あるいは岩崎弥太郎《いわさきやたろう》の三菱《みつびし》のような海運業かもしれんが」

覚兵衛が手を振って遮《さえぎ》った。

「いや、そんなことはない。坂本さんの素志《そし》は海軍を作ることにあった。いま生きていたら、間違いなく海軍卿としてわが国の海軍作りに精を出しておろう」

陸奥はうなずく。

「いずれも、そうかもしれぬ。しかし、わたしはもうひとつの道を考えている。坂本さんには紀州藩を手玉にとったほどの交渉能力があり、万国公法に通じていたように、世界情勢を知るところが深かった。坂本さんがいま生きておれば、諸外国と渡り合い、不平等条約の改正に努めていたと思う」

陸奥が言い切ると、英吉は、

「外交か、それもあるかもしれぬな」

と言った。覚兵衛はううむとうなった。

「たしかに坂本さんの機略で外国と渡り合うところは見てみたかったな」

陸奥は威儀を正して、

「海援隊約規――」

とひと声発した。

英吉と覚兵衛がはっとして居住《いず》まいを正すと、陸奥はかつて三人が何度も読み上げた海援隊約規を諳《そら》んじた。

一、凡《およ》そ嘗《かつ》て本藩（土佐）を脱する者、及び他藩を脱する者、海外の志ある者、此隊《このたい》に入《い》る。運輸、射利《しゃり》（営利）、開柘（拓）、投機、本藩の応援を為《な》すを以て主とす。今後自他に論なく其《その》志に従《したごう》て撰《えらん》で之《これ》に入る。

一、凡そ隊中の事、一切《いっさい》隊長の処分に任す。敢《あえ》て或は違背《いはい》する勿《なか》れ。若暴乱《もしぼうらん》事を破り、妄謬《もうびゅう》害を引くに至《いたり》ては、隊長其死活を制するも亦《また》許す。

一、凡そ隊中患難相救《かんなんあいすく》い、困厄《こんやく》相護《まも》り、義気《ぎき》相責《せ》め、条理相糺《ただ》し、若《も》しくは独断果

(過)激、儕輩《さいはい》の妨《さまたげ》を成し、若くは儕輩相推《お》し、勢いに乗じて、他人の妨《さまたげ》を為す。是尤《これもっと》も慎《つつし》むべき所、敢て或は犯す勿《なか》れ。

一、凡そ隊中修業課を分《わか》ち、政法、火技《かぎ》、航海、汽機《きき》、語学等の如《ごと》き、其志に随《したご》うて之を執《と》り、互に相勉励、敢て或は懈《おこた》(怠)ること勿れ。

一、凡そ隊中所費の銭糧《せんりょう》、其自営の功に取る。亦互に相分配し、私する所ある勿れ。若し事を挙げて用度足らず、或は学料欠乏を致すときは、隊長建議し、出《しゅっ》碕《さき》(崎)官(長崎出張の土佐藩参政)の給弁を竢《ま》つ。

右五則

海援隊約規、交法簡易何ぞ繁砕《はんさい》を得ん。元是れ翔天《しょうてん》の鶴《つる》其飛ぶ所に任す。豈《あに》樊《はん》中《ちゅう》の物ならんや。今後海陸を合せ号して翔天隊《しょうてんたい》と云《いわ》ん。亦究竟此《きゅうきょうこの》意《い》を失する勿れ。

最後の項で龍馬は今後は中岡慎太郎の陸援隊と合し、名称を、

――翔天隊

とすることを宣言していた。

「天に飛翔《ひしょう》し、さらに世界に雄飛《ゆうひ》することこそが坂本さんの理想だった。わたしはそれを果たしたい」

陸奥は、つぶやくように言うと、英吉と覚兵衛の顔を見まわした。

「わたしは来月、外務省に入る。そして鹿鳴館にも行く。それがわたしの海援隊士、さらには翔天隊士としての最後の戦いになると思う。石田さんと菅野さんにはそのことを言っておきたかった」

きっぱりと陸奥が言うと、英吉と覚兵衛は同時に笑い出した。

「やはり、生意気な陸奥は昔と変わらんな」

「嘘つき小次郎として諸外国をだましてやれ」

ふたりが口々に言うと、陸奥はそれぞれのワイングラスにワインを注《つ》ぎ足した。そして陸奥がワイングラスを手にすると、英吉と覚兵衛もワイングラスを手にした。

英吉が陸奥の顔を覗き込んで、

「たったひとりの海援隊、いや翔天隊の出発に――」

と言うと、覚兵衛が、
「坂本さん仕込みの外交を世界に見せてやれ」
と応じた。
陸奥は力強く頭を縦《たて》に振って、
——乾杯
と声をあげた。

六

鹿鳴館を設計したのは、工部省の招聘《しょうへい》によって明治十年（一八七七）、二十四歳で来日したイギリス人の建築家ジョサイア・コンドルだった。

コンドルは、上野の博物館、ニコライ堂などさまざまな建物の設計にたずさわった。そして辰野金吾《たつのきんご》など多くの建築家を育てた。赤煉瓦造りの建物には明治時代のロマンの香りがあった。

大正時代の作家、芥川龍之介《あくたがわりゅうのすけ》は『舞踏会』という、鹿鳴館を舞台にした作品の冒頭を次のように書き出している。

——明治十九年十一月三日の夜であった。当時十七歳だった——家《け》の令嬢明子《あきこ》は、頭の禿《は》げた父親と一しょに、今夜の舞踏会が催さるべき鹿鳴館の階段を上って行った。

それは、陸奥が亮子とともに赴いた時期の鹿鳴館でもあった。

主人公の明子は初めての舞踏会に心を弾《はず》ませ、フランスの海軍将校との会話に夢見心地《ゆめみごこち》となる。明子は外国人の女性を見て気後《きおく》れしたのか、

——そこで黒い天鵞絨《びろうど》の胸に赤い椿《つばき》の花をつけた、独逸《ドイツ》人らしい若い女が二人の傍《かたわら》を通った時、彼女はこの疑いを仄《ほの》めかせる為に、こう云《い》う感歎《かんたん》の言葉を発明した。

「西洋の女の方はほんとうに御美しゅうございますこと」

海軍将校はこの言葉を聞くと、思いの外真面目《ほかまじめ》に首を振った。

「日本の女の方も美しいです。殊《こと》にあなたなぞは——」

「そんな事はございませんわ」

などと会話は続くのだが、芥川の『舞踏会』は、明治時代、日本を訪れたフランスの作家、ピエール・ロチの『江戸の舞踏会』によっている。ロチは『日本の婦人たち』で鹿鳴館についての印象を記している。

——東京のど真ん中で催された最初のヨーロッパ式舞踏会は、まったくの猿真似であった。そこでは白いモスリンの服を着て、肘《ひじ》の上までの手袋をつけた若い娘たちが、象牙《ぞうげ》のように白い手帳を指先につまんで椅子《いす》の上で作り笑いをし、ついで、未知のわれわれのリズムは、彼女たちの耳にはひどく難しかろうが、オペレッタの曲に合わせて、ほぼ正確な拍子《ひょうし》でポルカやワルツを踊るのが見られた。


また、ロチは『秋の日本』で鹿鳴館について、

「アメリカ風の醜悪《しゅうあく》さ」

「フランスのどこかの温泉町の娯楽場《カジノ》」

などと辛辣《しんらつ》に述べている。だが、ロチは日本を蔑《さげす》んだわけではない。

日本人女性については、

「この婦人たちこそ、我々のよりはるかに古い、極めて洗練された文明に属している人種」と尊敬しているのであり、「王妃殿下方」の伝統的な姿は、
――此の上もなく高雅
と見ているのだ。それだけに西洋を真似している舞踏会の日本人が滑稽《こっけい》に見えてしかたがなかったのだ。

陸奥は亮子とともに鹿鳴館を訪れた。

薄紫色のドレス、憂いを帯びた眼差《まなざ》しの亮子の姿は舞踏会の会場に足を踏み入れたときから注目の的だった。

そこかしこから、亮子の美しさを褒めそやす声がさざ波のように伝わってきた。

「驚いたな、皆がそなたを見ているようだ」

陸奥は嬉《うれ》しげに顔をほころばせた。

「そんな、困りますわ」

亮子が当惑していると、ドレス姿の梅子と武子が近づいてきた。

梅子は優雅にお辞儀をして、

「陸奥様、よくお出でくださいました」

と言った。武子もにこやかに、

「奥方様のお出ましを一日千秋《いちじつせんしゅう》の思いで待っておりましたのよ」

と言い添えた。

陸奥はさりげなく、

「それは痛み入ります」

と答える。武子は目を細くして試《ため》すようにして言った。

「陸奥様はイギリス帰りでいらっしゃいますから、ダンスはお得意でございましょう」

「いや、それが不調法《ぶちょうほう》でして」

陸奥は軽く頭を下げた。

「それではせっかく奥様が来られたのに踊ることができないではありませんか」

「家内も不調法なもので」

陸奥は笑みを浮かべて婉曲《えんきょく》に断《ことわ》った。

梅子がにこりとして、

「もし、奥方様がほかの殿方と踊られるのがお嫌でしたら、わたしがお相手してもよろしゅうございますよ」

と告げた。

「しかし、それでは――」

陸奥がためらうと、梅子は艶然《えんぜん》と微笑んだ。

「舞踏会のマナーに反するとおっしゃるんですか。ここは日本でございます。何事も日本流でよろしいのではありませんか」

そういうと梅子は亮子の手を握って、強引に舞踏の輪に引っ張り込んだ。亮子はやむなく梅子に手を預けて踊った。

日本の美しい女ふたりが踊り出したことは外国人を驚かせるとともに、喜ばせた。

梅子と亮子が会場の真ん中に踊りながら出ていくと、まわりの者は見守った。

ふたりは、はなやかな蝶がたわむれ、遊ぶかのようだった。

やがて一曲が終わると、イギリス人将校らしい男がつかつかとふたりに近づき、踊りの相手を申し込んだ。

梅子はすかさず身を引いた。

亮子は困惑したように、陸奥に視線を向けた。

陸奥はため息をついた。

やむなく亮子に近づいた陸奥は、イギリス人将校に、

「シーイズマイワイフ」

と声をかけた。

イギリス人将校が鼻白《はなじろ》んでいる間に陸奥は亮子の手をとって踊り出した。陸奥のダンスは優雅でしなやかだった。

亮子は陸奥の肩に手を置き、

「お上手でございますね」

と言った。言葉つきに、かすかに嫉妬がまじっていた。外国での舞踏会で女性を相手に踊ったことがあるのだろうと思ったからだ。

「見よう見真似だ。見ていれば何となく覚えるものだ」

陸奥に言われて、さようでございますか、と亮子は嬉しそうに言った。陸奥はダンスを女性教師に教わっていたが、実際に舞踏会で踊ったことはなかったから、まんざら嘘でもなかった。

やがて踊り疲れた陸奥と亮子は、ひとびとから離れて露台《バルコニー》へと出た。

夜風が気持よかった。

「どうだ。このような会にこれからも出られそうか」

陸奥に訊かれて、亮子は困ったように、

「旦那様の思《おぼ》し召《め》ししだいです」

と答えた。

「そうだな――」

陸奥は首をかしげた。鹿鳴館の舞踏会はそれなりに外国人に喜ばれているだろう、と思っていたが、実際に出てみるとさほどではなかった。

何より、日本人自身が居心地《いごこち》悪そうにしているのが、わかった。

（これでは駄目だ。伊藤公も井上公もよくわかっていないのではないだろうか）

陸奥がそんなことを胸の中でつぶやいた時、
ばーん
ばーん
と立て続けに音がした。庭園から打ち上げられた花火だった。

赤色、青色の光が夜空に花となって広がった。

亮子はそんな花火を見て、ふと涙ぐんだ。

「どうしたのだ」

陸奥が訊くと、亮子は涙を指でぬぐった。

「いえ、花火を見たら、何か虚しい思いがいたしました」

「そうか、それはわたしも同じだな」

陸奥はうなずいて言った。しかし、亮子が虚しいと言ったのとは随分《ずいぶん》、違うことだろうな、と思った。

陸奥が夜空に輝く花火を見て思ったのは、坂本龍馬のことだった。

(思えば夜空に咲く花火のようなひとだった)

明るく、はなやかで、ひとの心を沸《わ》き立たせる。しかし、はかなく消え去り、この世から去った後々までもひとに何事かを思い出させる。

「わたしは坂本さんのようになりたいと思って生きてきた」

陸奥はぽつりと言った。

亮子は何のことなのかわからずに陸奥を見つめている。

陸奥は頭を振った。

「いや、いま、かようなことを考えている暇はないな」

亮子は意を決したように口を開いた。

「旦那様はやりたいことをなさってください。わたしはついて参りますから」

「そうか――」

陸奥は亮子の肩を抱きよせた。

露台とはいえ、見ているひとがいる。

「旦那様――」

亮子は顔を赤くした。それでも体は陸奥にゆだねている。

このとき、陸奥は自分たちの生も坂本の生と変わらない、夜空の花火のようなものかもしれない、と思った。


芥川の『舞踏会』には、次のような一節がある。


――其処《そこ》には丁度《ちょうど》赤と青との花火が、蜘蛛手《くもで》に闇《やみ》を弾きながら、将《まさ》に消えようとする所であった。明子には何故《なぜ》かその花火が、殆《ほとんど》悲しい気を起《おこ》させる程それ程美しく思われた。

「私は花火の事を考えていたのです。我々の生《ヴィ》のような花火の事を」

暫《しばら》くして仏蘭西《フランス》の海軍将校は、優《やさ》しく明子の顔を見下《みお》ろしながら、教えるような調子でこう云った。

それは陸奥が抱いた感慨と同じだった。

七

陸奥は書斎で、かつて自らが認《したた》めた文書を読んでいた。
亮子とともに、鹿鳴館の舞踏会に出るようになってから、心中にわだかまりがあった。何なのだろう、そう考えていて思い当たったのが、この文書だった。
明治七年（一八七四）一月一日に書いたものだ。
（あの日は吹雪《ふぶき》だったな）
書斎の窓の外が白い闇のようになっていたことを思い出す。
前年十月二十四日、世に言う、
――征韓論騒動
で西郷隆盛らの主張が廟議《びょうぎ》で敗れた。このため翌二十五日には、参議のうち、
西郷とともに、
板垣退助《いたがきたいすけ》
後藤象二郎

江藤新平《えとうしんぺい》
副島種臣《そえじまたねおみ》

らが下野し、翌日には、

伊藤博文
勝安芳《やすよし》（海舟）
寺島宗則

らが新たな参議となった。

陸奥は征韓論そのものについては岩倉具視、大久保利通、木戸孝允ら内治派の主張に与していたが、内心では鬱屈《うっくつ》があった。陸奥はこのころ肺病《はいびょう》を患《わずら》っていた。征韓論で政府が揺れていたとき陸奥は病床《びょうしょう》にあった。

征韓論騒動の後、大久保利通を中心に政権が整えられていく際、かつて外国事務局御用掛として、陸奥の同僚であった伊藤、寺島や大隈重信らが政府の中枢に入り、陸奥は大蔵少輔心得として属僚《ぞくりょう》の地位にとどまった。

陸奥の鬱屈はこのことである。

これらの人事はすべて薩摩、長州、肥前《ひぜん》などの出身派閥《はばつ》によって行われたと陸奥は見たのだ。陸奥自身、新政府発足《ほっそく》にあたって坂本龍馬の、

——海援隊

にいたことが登用の理由だった。しかし、浪士《ろうし》集団の海援隊では、藩閥《はんばつ》で作られる主流には入ることが許されなかった。

（才智《さいち》では負けていない）

という自負があるだけに陸奥は悔《くや》しかった。かといって、どこかの藩閥に属することは陸奥の誇りが許さない。

陸奥が認めた書状は長州閥の領袖《りょうしゅう》である木戸孝允にあてた意見書で、この書状を陸奥は、

——日本人

と題した。その文章は、日本人とは何かから始まる。

——日本人とは、西は薩摩の絶地より、東は奥蝦夷《えぞ》までの間に生育して、凡《およ》そ此《この》帝国政府の下に支配せらるる者皆此称あり。既《すで》に此称あれば、各人其尊卑《そのそんぴ》、賢愚《けんぐ》、貧富、強弱に拘《かかわ》らず、皆此国に対する義務あり、権利あり

すなわち、明治になって初めて日本人は生まれたと陸奥は思っていた。これまでは、それぞれの藩に住む者たちの集まりが、日本人であったが、いまや誰もが日本人として平等であり、国家に対して、

――義務あり、権利あり

と陸奥は主張している。なぜ、あえてそう主張しなければならないかと言えば、明治政府は、藩閥政府になりはてているからだ。これに対して陸奥は、

「日本は日本人の日本である。薩長の日本ではない」

と声を高くして言いたいのだ。このことはかつて出身藩にとらわれない海援隊を率い、

――日本を洗濯《せんたく》したく候

と唱えた坂本龍馬の理想とするところでもあった。龍馬は土佐藩で身分の低い郷

士だったから、藩の枠にとらわれなかった。
一方、陸奥は徳川御三家の紀州藩の名門の出だけに、たとえ倒幕、維新に功があったにしても、旧藩の出身を言い立てる者たちの田舎者《いなかもの》ぶりが片腹痛いということもあった。
陸奥は意見書「日本人」において、
——(薩長藩閥の)人々政治上に於《おい》て、公私を混淆《こんこう》し、其党与《とうよ》に私《わたくし》して、量衡《りょうこう》頗《すこぶ》る公平を欠くに在り
と憤りをぶつけている。さらに、
——今や薩長の人に非《あ》らざれば、殆ど人間に非らざる者の如し。豈《あに》嘆息すべきの事に非らずや
と激しく言い切っている。さらに、今回の征韓論騒動についても、

──僅《わずか》に薩長の間に生じたる不幸を国内一般に受けしむるに至れり

と糾弾《きゆうだん》している。すなわち、陸奥の目から見た征韓論争は、岩倉遣欧使節団で海外をまわってきた岩倉、大久保、木戸と留守政府の西郷たちの政治の主導権争いでもあった。

言わば、政争に過ぎず、そのために国家の行末が翻弄《ほんろう》されているのだ、という歯ぎしりするような思いがあった。意見書は、

──願《ねがわ》くは我が全国日本人、此国に対する義務あり、権利あり、其義務を尽し、其権利を達し、独《ひと》り之《これ》を政府即《すなわ》ち薩長等の人に委《まか》せず、（中略）現時此国の不幸を救済し、以て将来の幸福を招迎《しようげい》することに注意せば、是《こ》れ日本人の日本人たる所以《ゆえん》なり

と結んでいる。薩長藩閥政府から政治を取り戻す者こそ日本人である、というのが陸奥の主張だった。

あるいは、これは、その後も長く続くことになる薩長藩閥政治への最初の警鐘《けいしよう》

であったかもしれない。

陸奥はこの意見書を送った後、一月十五日に辞職した。その前夜、右大臣岩倉具視《し》が赤坂喰違《くいちがい》において土佐出身で征韓派の武市熊吉《くまきち》らに襲《おそ》われた。幕末以来、刺客《かく》の襲撃《しゆうげき》に慣れている岩倉は濠《ほり》に潜《ひそ》んで難を避《さ》けた。

現職の右大臣が襲われるという殺伐《さつばつ》たる世情の中、十七日には、征韓論で下野した板垣退助、後藤象二郎、江藤新平、副島種臣に由利公正《ゆりきみまさ》、小室信夫《こむろのぶお》、岡本健三郎《おかもとけんざぶろう》、古沢滋《ふるさわしげる》らの連署《れんしよ》で、民撰《みんせん》議院設立建白書《けんぱくしよ》が左院に提出された。この建白書では、現在の政権について、

——上帝室《かみ》に在らず、下人民《しも》に在らず、而《しか》も独り有司《ゆうし》に帰す

として政治権力が天皇にも一般国民にもなく、政府官僚にあると指弾し、国民の意見を反映する民撰議院の設立を求めていた。

その言わんとするところは陸奥に似ているが、やや違うのは、板垣らが議会によって国民の意見を政治に反映させようとしているのに比べ、陸奥は日本人という意識を抱く者が自ら政権を担うべきだ、とするところだった。

（あのおりのわたしの考えは間違っていなかった）

わたしは日本人でありたい、と願っているだけだ、それは龍馬が目指したものでもあった、と陸奥はあらためて思った。

だが、それは議会によって政論を訴《うった》える道とは違い、常に政権を自らのものにしようとする道であり、政府から見れば、

――謀反《むほん》
を企《くわだ》てようとするのに等しかった。実際、政府を辞職した陸奥が目指したのは、薩長打倒の孤独な戦だった。

陸奥は机にかつての意見書をおいて、椅子に背をもたせかけ、大きく伸びをすると、天井《てんじょう》を見上げた。

「何事も思うようにはいかなかったな」

陸奥はため息まじりにつぶやいた。

辞職した陸奥はしばらく浪人して過ごしたが、明治八年（一八七五）初頭、大阪で大久保利通と木戸孝允が手を結ぶいわゆる大阪会議が開かれた。その結果として元老院の設置が決まると、これが薩長の専制を許さず、日本人としての意見を述べる場になる、と期待した陸奥は議員となった。

だが、元老院はそこまでの力を持つことができなかった。焦った陸奥は西南戦争に呼応《こおう》しようとする土佐の動きに同調して投獄《とうごく》されるはめになった。

(あれはわたしの失敗だった)

いまも陸奥は苦い思いでいる。なにより、陸奥が忸怩《じくじ》たる思いなのは、日本人たらんと志《こころざ》しながら、政権への反対勢力に留《とど》まってしまったことだ。

陸奥がヨーロッパ留学から帰国して政府に入ったのは、この反省に基《もと》づいてだった。反対勢力ではなく日本人として生きるためだった。

そんな陸奥に対して自由民権派からは、寝返り者という悪罵《あくば》が浴《あ》びせられたが陸奥は意に介さなかった。

孤高《ここう》は陸奥の身上《しんじょう》だったからだ。

(鹿鳴館に行くのも日本人としてだ)

陸奥は自分に言い聞かせた。

井上馨が鹿鳴館で舞踏会を開くという極端な欧化政策を取り始めたのは、わが国と諸外国の間の治外法権《ちがいほうけん》の撤廃や関税自主権の確立などで不平等条約を改正しようという狙いがあってのことだった。わが国がいかに文明国であるかを諸外国に示す手段が洋服を着ての舞踏会というのは、いかにも姑息《こそく》に過ぎた。

だが、外国人との交わりをまず服装から行おうというのは稚拙《ちせつ》なようだが、目に見える物を見せることでしか得られない理解もある。

幕末、盛んに行われた、

——異人斬り
は外国人の風俗そのものを嫌い、穢《けが》れであるとして憎《にく》んだ攘夷の感情から発していた。そのことを覚えている外国人外交官はいまだにいるのだ。だからこそ、日本人は外国の風俗を取り入れ、その良いところを味わうことができる、と示すことには意味がある、と陸奥は考えていた。

世界に対する日本人の戦いはまず受け入れるところから始めるしかない、日本の良いところを世界に示すのはその後ではあるまいか。

陸奥はぼんやりと考えていた。すると、書斎の入口から、

「旦那様——」

という声がした。

振り向くと、すでに舞踏会のためにドレスに身を包んだ亮子が立っていた。

「そろそろ出かけませんと、舞踏会に遅れそうでございます」

鈴を転《ころ》がすような亮子の声を聞いて陸奥は微笑んだ。

「そうだったな。支度《したく》をしよう」

陸奥は意見書を折り畳んだ。

洋装の亮子の美しさが陸奥を満足させていた。

八

明治二十年（一八八七）四月二十日――

この日、陸奥が亮子とともに出かけたのは鹿鳴館ではなく、首相官邸で開かれた伊藤博文首相夫妻主催の仮装舞踏会だった。

陸奥と亮子は目のあたりを覆《おお》う黒いマスクをつけただけですませたが、広間には珍奇《ちんき》な仮装があふれていた。

「天勾践《こうせん》を空《むな》しゅうするなかれ」と書かれた旗を背負った南北朝時代の忠臣、児島《こじま》高徳《たかのり》に三島通庸《みしまみちつね》警視総監が扮《ふん》し、東京府知事の高崎五六《たかさきごろく》は武蔵坊弁慶《むさしぼうべんけい》の恰好《かっこう》だった。

その奇抜《きばつ》な仮装に亮子は目を丸くした。

さらに渋沢栄一が山伏《やまぶし》、井上馨外務大臣は三河万歳《みかわまんざい》、参議の佐々木高行《ささきたかゆき》は裃《かみしも》を着て髷《まげ》のかつらをかぶっていた。

逓信《ていしん》大臣の榎本武揚《えのもとたけあき》は徳川慶喜から拝領の麻裃《あさがみしも》、陸軍大臣、大山巌は高下駄《たかげた》を履き、鉄扇《てっせん》を持った薩摩武士、司法大臣の山田顕義《やまだあきよし》は奈良時代の忠臣、吉備真備《きびのまきび》だった。

中でも手槍《てやり》を持った軍服姿でひときわ目立ったのが、内務大臣の山縣有朋《やまがたありとも》だった。幕末の奇兵隊士の扮装《ふんそう》だった。

陸奥は広間にあふれた思い思いの仮装姿を見て、

「これがいまの日本の姿なのだ」

と亮子に話しかけた。亮子は沈んだ様子で、

「外国の方が見たら、何と思われるでしょう」

「道化芝居《どうけしばい》だな」

陸奥は吐き捨てるように言った。

ヨーロッパに留学した陸奥の目から見れば、すべては唾棄《だき》すべき猿芝居に等しかった。

(伊藤さんと井上さんはイギリスに行ったというのに、このような真似が恥ずかしくないのだろうか)

陸奥は首をかしげる思いだった。

亮子はなおも広間を見回していて、陸奥の腕にそっと手をかけて、

「戸田伯爵夫人がお見えです」

と嬉しげに言った。

伯爵、戸田氏共の夫人である極子は岩倉具視の娘であり、しかも抜きんでた美貌であることから、亮子たちとともに、

――鹿鳴館の名花

と呼ばれていた。

極子は美しいだけでなく、英語とダンスが得意だった。このため、舞踏会では極子と踊ることを望む外国人が列をなした。

ダンスが得意ではない亮子は、極子がいると自分がダンスに出なくてもすむことからほっとするのだ。

また、極子は公家の家に生まれただけに、おっとりとして、かつて芸者だった亮子とも分け隔《へだ》てなく接してくれた。

この日も極子は、亮子を見かけるとすぐに急ぎ足で寄ってきた。

「陸奥様――」

極子は陸奥に会釈《えしゃく》すると、大輪の花を思わせるととのった顔に満面の笑みを浮かべて、

「今日、陸奥様がお見えでなかったらどうしようかと思っていました」

と言った。

亮子は笑みを浮かべて訊いた。

「まあ、どうなさったのですか」

極子は答える前に、陸奥をちらりと見た。陸奥は、極子が亮子との話を聞かれたくないのだろう、と察して会釈するとそばを離れた。

陸奥が少し離れたところで、ほかの客と談笑を始めると、極子は亮子を広間の隅に誘って声をひそめた。

「陸奥様、今夜はわたくしのそばを離れずにいてはくださいませんか」

「どうしてでしょうか」

亮子は驚いて訊いた。

「今夜、とても困ることが起きそうなのです」

極子は言い難《にく》そうだった。その表情を見て亮子は、かつて芸者をしていたころ、嫌な客に言い寄られて困った同輩の芸者が同じような顔つきになったことを思い出

した。

「迷惑な殿方がいらっしゃるのですか」

亮子が声を低めて訊くと、極子はかすかにうなずいた。亮子はあたりをうかがいながら、

「それならば伊藤様の奥方様に助けていただいてはいかがでしょうか」

今夜の舞踏会の主催者である伊藤博文の妻の梅子にさばいてもらえば迷惑な男を寄せつけないことができるだろう、と亮子は思った。

しかし、極子は激しく頭を振った。

「このこと、梅子様だけには申し上げられません」

極子は悲しげに言った。その瞬間、亮子は、極子に言い寄ろうとしているのが、伊藤博文なのだ、とわかった。

伊藤の好色《こうしょく》は世間に知れ渡っている。しかも、〈明治十四年の政変〉で肥前の大隈重信を追い落として、政府の最大実力者になった伊藤は初代の総理大臣となっていた。

まさに権力を独り占めした状態であり、逆《さか》らえる者はいなかった。そんな伊藤に目をつけられたのが極子の不運だった。

伊藤が首相官邸で仮装舞踏会を開いたのは、顔を隠し、秘密裡《ひみつり》に極子をわがものにしようという企《たくら》みがあってのことなのかもしれない。

（何という卑劣《ひれつ》な――）

亮子は憤りを感じないではいられなかった。しかし、同時に困惑したのは、夫である陸奥がこれまで伊藤の引き立てを受けてきたことだ。

いったん謀反人として投獄されながら、ヨーロッパに留学、さらに政府への出仕がかなったのは、陸奥の実力を認める伊藤の引き立てがあってのことだった。

そんな伊藤が人妻である極子に触手を伸ばそうとしているなどという醜聞《しゅうぶん》を暴《あば》けば、これからの陸奥の進退にも関わることになるではないか。

しかし、亮子は陸奥の不利益になるからといって、女同士として極子の苦境を見逃すわけにはいかなかった。

どうしたものか、と思案した亮子は、

「わかりました。わたしにおまかせください」

と言った。おりから会場に島田髷《しまだまげ》に手拭《てぬぐ》いを被《かぶ》り、薪《たきぎ》を頭上に載《の》せた小原女《おはらめ》姿の女人《にょにん》が入ってきたのに目を留めていた。

小原女の仮装をしているのは、亮子や極子とともに鹿鳴館の名花と謳《うた》われている、

——大山捨松

だった。捨松は、幼少時、会津戦争や会津藩が陸奥斗南に移封されるなどの苦難を経験した。

明治になってから、津田梅子らとともに渡米した。

帰国後、参議陸軍卿の大山巌と結婚した。

アメリカ仕込みの英語とダンスの素養《そよう》、さらに美貌を謳われて鹿鳴館の名花の一人となっていた。

だが、捨松が会津の出身らしい気概と公正さを持っていることを亮子は知っていた。亮子は捨松に近づいて、

「お話がございます。よろしいでしょうか」

と囁いた。捨松は一瞬、驚いたように亮子を見つめたが、やがて何かを察したようにうなずいて、亮子に従うと露台《バルコニー》に出た。

亮子は人目を避けながら、捨松に極子の苦境を話した。黙って聞いていた捨松の目に光が宿った。

「長州め、何ということを企むのか」

捨松はしとやかで上品な顔に似合わない、激しい言葉を使った。

「極子様を助けていただけるでしょうか」

亮子が訊くと、捨松は大きくうなずいた。

「もちろんです。でもどうしたらいいのでしょうか。迂闊《うかつ》なことをしては極子様が伊藤伯の恨《うら》みを買って、どのような仕返しをされるかわかりません」

捨松は伊藤博文が持つ権力の大きさを知るだけに眉をひそめた。

「ですから、事を荒立てぬように」

亮子は声を低めて捨松に話した。


陸奥はワイングラスを手に伊藤と話していた。会話をしながらも伊藤の目が極子の姿を追っているのに気づいて奇異な印象を持った。

（どういうことだろう）

考えをめぐらした陸奥は、伊藤の好色を思い出して眉を曇《くも》らせた。

（すぐれたひとだが、女人を好む悪癖《あくへき》は直らないようだ）

陸奥はため息とともに思った。

薩摩の大久保利通が暗殺されて以降、政府の屋台骨《やたいぼね》を支えてきたのは伊藤の政治家としての手腕だった。

伊藤は長州閥を基盤としながらも、有能と見れば陸奥のような他藩出身の者をも登用する懐の深さを持っていた。

それは、伊藤が長州閥とは言いつつも、足軽出身だけにかつて自分より身分が上だった同じ長州藩出身者よりも他藩の者に親しみを覚えるという面があったからだろう。だが、それは同時に伊藤の情が細やかであることも示していた。

そのことが仕事の場では有能な者に機会を与える公平さとなる一方、女人に執《しゅう》着《ちゃく》し、時におのれの欲望のままに横暴を通してしまう悪癖にもつながっていた。

(伊藤さんは、女難で亡《ほろ》ぶのではないか)

陸奥は伊藤の前途を危《あや》ぶんだ。それだけに、亮子が極子や捨松とひそひそと話しているのが気になった。

伊藤も極子が亮子や捨松と話しているのが気になるらしく、

「鹿鳴館の名花がそろっているのを見るのは、なかなかよきものだな」

と言った。

「さようですか」

陸奥はさりげなく答えつつ、伊藤が失態を犯《おか》さねばよいが、と思った。

仮装舞踏会ははなやかに行われていたが、伊藤が極子に近づいてダンスに誘おうとすると、必ず亮子や捨松に遮られた。

ふたりとも美貌で知られる鹿鳴館の名花だけに、伊藤は極子を追うのも忘れてふたりとのダンスに興《きょう》じた。

それでも伊藤の目は執拗《しつよう》に極子に注《そそ》がれていた。やがて、極子が帰ろうとする気《け》配《はい》があるのに目敏く気づいた。

さりげなく極子が広間を出ていくと、伊藤はそれまで話していた陸奥に、

「失礼するよ」

と言って極子の後を追った。

極子は中庭に出て玄関に待たせている馬車に乗り込もうとしていた。中庭の木々の黒い影の間に山吹《やまぶき》を捧《ささ》げる賤《しず》女《め》姿の極子が見え隠れした。

伊藤は急ぎ足になった。すでに月が出ていた。

伊藤は黒い茂《しげ》みにちらりと女の姿を見た。極子は馬車に向かったかと思ったが、茂みに潜んでいるようだ。

伊藤は茂みに入っていった。すると誘うように女はさらに茂みの奥へ入っていく。

「どうされたのだ。気分でも悪いのか」

伊藤は声をかけると、袖《そで》をつかみ、さらに女の手をしっかりと握った。伊藤が女を抱き寄せようとすると、

「何をするのです」

鋭い声とともに、月光にきらりと光る白刃《はくじん》が目の前に突きつけられた。

伊藤はぎょっとした。

太刀《たち》を突きつけていたのは、小原女姿の捨松だった。

伊藤はあわてて握っていた手を離した。

「随分と失礼なことをなさいますね。このことは夫に言わねばなりますまい」

捨松はひややかに言った。

捨松の夫の大山巌が、美しい妻に惚《ほ》れ切っていることは政界に知れ渡っていた。そんな捨松の手を握ったなどということを知れば、大山がどれほど怒り狂うかわからない。

直情径行《けいこう》な薩摩人だけに伊藤に怒りをぶつけるのではないか。そうなれば征韓論以来、落ち着いていた薩摩、長州閥の間にひびが入ることになりかねない。

伊藤はうろたえた様子で、

「申し訳ない。人間違いをしたようだ」

と口走った。すると、捨松はさらに太刀を突きつけて、

「人間違いとはどういうことでしょうか。今夜、来ていた誰かの手を握ってもよいとお思いだったのですか」

「いや、決してそういうわけではない。勘違いをしてしまったのだ。だから、大山殿にはご内聞《ないぶん》に願いたい」

捨松はゆっくりと太刀を引いた。

「間違いは誰にでもあることですから、間違いならば咎《とが》めようとは思いませんし、夫にも申しません」

「さようか、かたじけない」

頭を下げる伊藤に向かって捨松は重ねて言葉を発した。

「では、伊藤様はここで戸田極子様の手を握ろうとしたわけではないのですね」

極子の名を出されて伊藤はぎょっとしたが、虚勢《きょせい》を張るように、

「無論《むろん》だ」

と答えた。捨松はうなずくと鋭い目で伊藤を睨んだ。

「それでは、今夜のことで極子様を逆恨《さかうら》みして報復されるようなことはないとお約

束ください」

「なぜ、わしが戸田夫人に報復などするのだ」

「しないことなら、約束はできるはずでございます」

捨松は詰め寄った。

「わかった。約束しよう」

伊藤が渋々《しぶしぶ》答えると捨松はにこりとした。

「よろしゅうございました。お約束をお忘れなきよう」

「わかっておる」

伊藤は威厳《いげん》を籠めて言うと、そそくさと背を向けて茂みから出た。

この間に極子は亮子に付き添われて馬車に乗り込み、首相官邸を後にしていた。

亮子は極子が乗った馬車が出ていくのを見送りつつ、これで、よかったのだろうか、と胸の中で繰り返し、考えていた。

仮装舞踏会が終わり、屋敷に帰った亮子は陸奥に伊藤と極子のことをかいつまんで話した。

「出過ぎたことをしてしまいました。旦那様に迷惑がかかりはしないかと心配でございます」

亮子が案じるように言うと陸奥は笑った。

「正直と公正なところが伊藤さんの持ち味だ。たとえ、みっともないことになったからといって報復などするひとではないから気にせずともよい。だが、それでも気になることはあるな」

陸奥は額を指で押さえつつ言った。

「何でございましょう」

「戸田夫人がさほど親しいわけではないそなたに相談を持ちかけたことだよ。なぜなのだろうか」

「よほど思い余ってのことかと思いますが」

「それなら兄上の岩倉卿に相談すればいい。どのような知恵でも出してくれただろう」

陸奥に言われて亮子は目を瞠った。

「どういうことでしょうか」

「戸田夫人が伊藤公に迫られたのは初めてのことではなかったのではないか。そして以前には何事かあったのかもしれない」

「まさか、そのような――」

亮子は息を呑んだ。

「伊藤公は用心深くもあるひとだ。それなのに、首相官邸で不埒《ふらち》に及ぼうとしたとすれば、それなりの理由があったのかもしれない」

「それでは、極子様は伊藤様と以前から密通されていたと言われるのでございますか」

「それはわからないが、戸田夫人はひそかに伊藤公を遠ざけたかったのではないだろうか」

陸奥は言いながら考え込んだ。

もし、極子と伊藤の間に何事かあったとしても、極子が巧《たく》みに伊藤を遠ざけたのであればすべては終わったことになる。

だが、それではすまないのではないか。

陸奥は不安な思いがしていた。

九

首相官邸での仮装舞踏会の後、奇怪《きかい》な噂《うわさ》が広がった。

伊藤博文が戸田極子夫人を裏庭の茂みに誘い込んでいかがわしい行為に及ぼうと乱暴したので、夫人は裸足《はだし》で逃げ出したというのである。新聞に、

――両三日前の夜一人の人力車夫《しやふ》が虎の門内なる操練場《そうれんじよう》の溝端《みぞばた》にて客待《きやくまち》したるに工科大学の時計台にて打つ時計は早や十二時なるも直《ね》を付て呉《く》れる客すら無く是非なく宿へ立帰らんとする折柄永田町《おりからながたちよう》の方よりして由《よし》ある御家の令嬢とも見ゆる十六七《いつ》の洋服出立息もセキ、、馳《は》せ来られしが、オ、車か駿河台の屋敷まで早《はよ》う連《つれ》て往てたも代価は其上取らすと云《い》ひも終らず飛び乗り玉《たま》ふ、其足を見れば靴《くつ》も穿《は》かれず靴下の儘《まま》の跣先《つまさき》なり。

など面白おかしく書かれた。

あたかも何事か怪しいことが起きたかのような記事だった。このためこのような醜聞が公《おおやけ》になったことにより、鹿鳴館政策への反発が高まった。警視庁がこの事件について調べたところ、密偵《みつてい》から、

――此頃《このごろ》ノ諸新聞中ニ提出セラレタル紳士少女ヲ姦《かん》ス云々《うんぬん》ト云フ事実ハ過日御面《かじつごめん》

晤《ご》ノ節概略事実ヲ陳言《ちんげん》シタルガ如《ごと》ク全《まつた》ク該事項ハ内閣総理大臣伊藤博文伯ノ近事奇聞ニ関スルモノナリ

という報告があがってきた。

密偵は伊藤がある女性を座敷に誘い怪我《けが》を負わせたようだ、としていた。密偵の探索でも伊藤の不行跡《ふぎようせき》は疑いようがない、とされたのだ。世間に噂が広がっていったことに伊藤は当惑した。

四月二十七日——

陸奥はそれまでの勅任官二等の外務省弁理公使から特命全権公使に昇任した。首相官邸に陸奥を呼び出した伊藤は、昇任した陸奥に、

「駐英公使になる気はないか」

と打診した。

伊藤はかねてから陸奥を重職につけようと考えていたが、投獄された経験がある陸奥の昇進をあからさまに急ぐわけにはいかなかった。ようやくその時期が来たと判断したのである。

陸奥は少し考えてから、頭を横に振った。

伊藤は目を疑った。イギリスは世界の強国のひとつであり、駐英公使は大臣に匹敵する。

「どうしてだ、外交官なら最も望む公使のはずだぞ」

「その通りですが、外務省のいまの最大の課題は条約改正です。しかし強国のイギリスはどのように改正を持ちかけても応じようとはせんでしょう。条約改正問題は他の国から手をつけねばなりますまい」

「他の国とはどこだ」

「さて、それはしばらく考えさせてください」

そうか、とうなずいた伊藤はさりげなく、

「貴公《きこう》もわしに関する悪評は耳にしているだろう。どうしたものじゃろうか。わしは戸田夫人に何もしておらんぞ」

と相談した。

陸奥は鋭い目で伊藤を見た。

「まことに何もなかったのですか」

「正直に言うとな、事を起こしたかったが、大山捨松殿によって阻《はば》まれた。だが、戸田夫人に何もしておらんのは事実じゃ。わしが裏庭の茂みで握ったのは大山捨松殿の手であった。間違えたのだ。それゆえ、これは冤罪《えんざい》じゃ」

「怪《け》しからんことをしたのが事実ならば冤罪とは言えんでしょう」

陸奥がさりげなく言うと、伊藤は顔をしかめた。

「お主はさように杓子定規《しゃくしじょうぎ》じゃからいかん。醜聞というものは、流そうという者がいて流れるのじゃ。あからさまに言えば、わしの足をすくおうとする者、あるいは鹿鳴館をつぶそうとする者がいるということじゃないか」

「なるほど」

「鹿鳴館は条約改正のために造った。ということは、これはわが国の外交をいかにするかということに通じておる。それゆえ、そなたに何が起きているかを調べてもらいたいのだ」

「わたしがですか」

陸奥は顔をしかめた。伊藤はにやりと笑った。

「それが、わしの無実を証明することでもあるからな」

なるほど、それを自分にさせたい思惑《おもわく》もあって昇任させたのか、と思って陸奥は苦笑した。

陸奥は屋敷に帰って、亮子に、

「いったい、あの夜、何が起きたのだ」

と訊いた。亮子は苦しげに、

「よけいなことをいたし、申し訳ございません」

と頭を下げた。

「咎めているのではない。わたしは何が起きたかを詳《くわ》しく知りたいだけだ」

陸奥がやさしく言うと、亮子は極子から助けを求められたことや、捨松に手伝ってもらったことを話した。

「そうか。それだけのことが新聞記事になるとは、やはり裏に何かあるとしか思えないな」

陸奥は眉をひそめた。

その後、陸奥は大山捨松を訪《たず》ねた。

突然の陸奥の来訪に驚く捨松に、

「仮装舞踏会の夜のことは大山さんに話されましたか」

と単刀直入に訊いた。

「いえ、話しておりません」

答えてから捨松はゆっくりと笑みを浮かべた。

「伊藤公の話は、わたしが大山に話したために世間に漏《も》れたとお考えになりましたか」

皮肉な問いかけにも陸奥は表情を変えなかった。

「あの夜の事を知るのはわたしの妻とあなただけのはずですから」

「わたしが大山に話したため、薩摩閥が動いたとお考えになったのでしょう」

捨松は怜悧な表情で言った。

陸奥は微笑した。

「はい、黒田殿が二十一日に帰国されました。薩摩としては長州の伊藤さんが初代の内閣総理大臣を務めていることは面白くなく、黒田殿を後継にしたいと考えているでしょう。伊藤さんを引きずり下ろすためには絶好の醜聞ですから」

黒田清隆は通称を了介《りようすけ》、薩摩の下級藩士の家に生まれた。

幕末には西郷隆盛に従って活動し、戊辰戦争では官軍参謀として北越《ほくえつ》から庄《しよう》内《ない》、蝦夷地まで転戦した。

箱館《はこだて》の五稜郭《ごりようかく》に籠もった旧幕軍との戦闘を指揮し、明治二年（一八六九）五月、主将榎本武揚らを降伏《こうふく》させた。

その後、北海道開拓使として業績をあげた。だが、独断専行や薩摩閥に偏向《へんこう》する性格が目立ち、いわゆる開拓使官有物払下げ事件で批判を浴びた。それでも薩摩閥の巨頭として隠然《いんぜん》たる勢力を持っていた。

しかし、酒乱の傾向があり、明治十一年、夫人が急死した際には黒田が酔って斬殺《ざんさつ》したのではないかとの疑惑が囁かれ、警視庁が夫人の遺骸をあらためる騒ぎにまでなっていた。

このため、明治天皇の信任が得られず、内閣制度や憲法体制への主導権を長州閥の伊藤に奪われた。

失意の黒田は同十九年（一八八六）六月から今年四月にかけて、シベリアから欧米まで視察、ようやく帰国したのだ。

伊藤の醜聞はそれに合わせたかのように起きており、陸奥が疑うだけの理由があった。

捨松は薄く笑みを浮かべた。

「伊藤公を追い落としたい薩摩が動いたと陸奥様がお考えになるのはわかりますが、わたくしは何もしておりません。それよりも、もうひとり、このことに関わっているお方がいることをお忘れではありませんか」

「もうひとりと言いますと」

陸奥は首をかしげた。

「戸田極子様です」

捨松は淡々と言った。

「まさか、戸田夫人が伊藤殿と自らの話を流布《るふ》させたと言われるのですか」

「戸田様が望んでそうされたかどうかわかりませんが、わたくしと陸奥様の奥様をのぞくと詳しいことを知るのは戸田様だけです。それに、わたくしは戸田様が陸奥様に助けを求められたのが不思議だと思っておりました」

「なぜ不思議なのですか。女人同士で助け合ったということではありませんか」

「ですが、陸奥様が伊藤公と親しくされていることは戸田様もよくご存じのはずです。その陸奥様の奥方に伊藤公から不埒な真似をされようとしていると助けを求められるのは妙ではありませんか」

極子はなぜ亮子を頼ったのだろう、と陸奥も訝《いぶか》しく思っていた。

捨松は声をひそめた。

「これはご内聞に願いますが、伊藤公と戸田夫人が密通しているのではないか、という噂は以前からございました」

「なんと」

「わたくしは、戸田様は伊藤公に言い含められて、この度《たび》の騒動を引き起こしたのではなかろうかと思っております」

「伊藤公がなぜ自らの悪評を世間に広めるのです」

陸奥は首をかしげた。捨松は微笑んで言い添えた。

「幕末、長州の方々は攘夷を口にされていましたが、幕府を倒して天下を取ると開国をされ、あげくのはては鹿鳴館で西洋かぶれしたかのような舞踏会を開いています。わたくしなどにはその意図は測《はか》りかねます」

会津出身の捨松はひややかに言ってのけた。

陸奥は沈思《ちんし》したが、やがて、

「そういうことか」

とつぶやいた。捨松は明るい目で陸奥を見つめた。

「おわかりになりましたか」

捨松に訊かれて陸奥はうなずいた。

七月二十九日——

外務大臣の井上馨は各国公使と進めていた条約改正会議の無期延期を通知した。さらに九月十七日には外相《がいしょう》を辞任した。

井上は明治四年（一八七一）、岩倉遣欧使節団が外遊中の留守政府を預ったときから、条約改正問題に取り組んできた。外務卿になってからは外国人に全国での通商、居住を開放、不動産の取得も許可するかわりに治外法権を廃し、関税自主権を求める方針をとってきた。

鹿鳴館での欧化政策もその一環であり、すべては条約改正のためだった。そして昨年五月一日、東京で条約改正のための国際会議を開くところまでこぎつけたのだ。

井上は各国に条約改正案を示して承認されるのを待っていた。

ところがこのころ、来日して政府の顧問《こもん》を務めていたフランスの法学者ボアソナードが井上の条約案に疑義を唱えた。

井上がまとめた条約案では、日本の裁判所に外国人判事を置くことを規定していたのである。井上にしてみれば、これまでの治外法権を撤廃するために、外国人判事を置くことで各国の了解を得ようとしたのだ。しかし、ボアソナードは、外国人判事を置くことは、国家の独立を損《そこ》ない、むしろ改悪である、として反対したのだ。

　これに応じて外務省翻訳局次長の小村寿太郎《こむらじゅたろう》や農商務大臣の谷干城《たにたてき》もボアソナードの意見に同調した。自由民権論者や新聞も次々に反対を表明、政府を攻撃する火の手が燃え上がっていた。

　もともと鹿鳴館による欧化政策の評判の悪さもあって、ついに井上は自らの手での条約改正を断念したのだ。

　井上が辞職すると、陸奥は首相官邸に赴いて、伊藤に会うと、

「先日、命じられた一件ですが、何者が噂を広めたのかわかりました」

「ほう、そうか」

　伊藤はにやりとした。陸奥はさりげなく、

「すべては外務大臣を辞任する盟友の井上さんの傷を小さくするために伊藤さんが謀《はか》ったことですね」

　と言った。伊藤は、はっは、と笑った。

「これまで、条約改正に尽力してきた井上を傷つけるわけにはいかん。鹿鳴館の悪評はわしが背負うしかないからな」

「そのために戸田夫人に言いつけて、騒ぎを起こしたのですか」

「まあ、そういうことだが、もうひとつ狙いがある」

わかるか、というように伊藤は陸奥の目をのぞき込んだ。

陸奥はひややかに答えた。

「次の総理を薩摩の黒田さんに譲るつもりなのでしょう」

伊藤はまた、はっは、と愉快そうに笑った。

「その通りだ。なにせ、黒田殿には夫人を殺したのではないか、というただならぬ噂がある。初代総理のわしが女子に乱暴しようとしたという悪評ぐらいなくては、黒田殿が総理になることを世間が承知しないだろうからな」

陸奥は苦い顔になった。

「感心しませんな。それではわが国の総理は初代から二代続いて悪評を背負うことになる」

伊藤はふてぶてしく笑った。

「政は悪人の仕事だ。貴公は、『日本人』なる意見書で藩閥を謗《そし》ったが、藩閥で政を動かしていくためにはここまで気を遣わねばならんのだ。日本人になるとはこういうことだ、とわしは思っている」

伊藤の言葉に陸奥は反論しなかった。伊藤なりにできることを懸命に行っているのだ、ということはわかったからだ。

自分にできるのは、伊藤が切り開いた道から新たな国づくりをすることだ、と思った。

伊藤は真面目な表情になった。

「井上が辞任したからには外務大臣は肥前の大隈重信にさせるつもりだ。だが、井上がしくじった条約改正を大隈がなしとげることができるとは思えん。おそらく失敗するじゃろう。その後、条約改正をなしとげるのは貴公じゃとわしは思っている」

陸奥はかねてから大隈重信とはそりが合わず、嫌《きら》っていた。もし、大隈が外務大臣になれば外務省を去るつもりだったが、伊藤はそこまで見越しているのだ。

「わかりました。大隈さんの下で働きましょう」

陸奥は大きく吐息をついた。

井上馨の辞任後、しばらく伊藤が外相を兼務したが、翌明治二十一年（一八八八）二月、大隈が外務大臣に就任した。四月には伊藤の後を襲って黒田清隆が内閣総理大臣となった。

五月二十日——

陸奥は駐米公使として、アメリカに向かった。外務大臣となった大隈はそれまでの方針を改め、条約改正交渉を各国ごとにすることにした。

その意を受けて陸奥はアメリカに赴くことになったのだ。横浜から出航した陸奥は亮子を伴《ともな》っていた。

陸奥のアメリカ赴任に伴い、ワシントンの社交界にデビューした亮子は東洋から訪れた美女として人気を集め、花形となった。

十

明治二十一年（一八八八）六月——

陸奥宗光は特命全権公使としてアメリカ、ワシントンに赴任した。妻の亮子と、亮子との間に生まれた十六歳の長女、清子《さやこ》を伴っていた。

太平洋を渡る船のデッキで潮風に吹かれながら陸奥は亮子に、

「これから、わたしの真の闘《たたか》いが始まる」

と話した。

「真の闘いでございますか」

陸奥は幕末、海援隊士であり、明治になってからは、西南戦争に呼応して決起を企むなど常に闘い続けてきたように思う。いまさら、真の闘いとはどういうことなのだろう、と亮子は首をかしげた。

亮子が訝しむと、陸奥は口髭《くちひげ》を指でなでながら、

「日本人としての真の闘いと言ってもいいかもしれない」

と言い添えた。

「日本人としての闘いでございますか」

亮子ははっとした。

「そうだ。幕末の闘いは尊攘派と徳川幕府、明治になってからは新政府と不平士族、いずれも国内での闘いであった。しかし、これからようやく、日本人と諸外国の闘いが始まることになる。わたしはその魁《さきがけ》を務めるのだ」

陸奥は真っ青な大海原を見まわしながら告げた。どこか楽しげな表情でもあった。

「旦那様は日本人として闘うのが嬉しいのでございますか」

亮子に訊かれて陸奥は大きくうなずいた。

「それはそうだろう。国内におれば、薩摩と長州出身というだけの愚《おろ》か者どもが幅を利かせている。紀州出身のわたしはいつまでも冷や飯食いだ。そんな様を見ることにうんざりした。それよりも諸外国との外交の戦でわたしの腕を見せてやりたいのだ」

「外国と闘うときには、もはや、薩摩も長州もありませんものね」

「そうだ。日本人だけがいることになる」

「そうなったら、旗本の娘であるわたしの出自も誰はばかることのないものになるのですね」

「それは、そうだ。皆、同じ日本人だからな」

陸奥は洋服のポケットから煙草《タバコ》を取り出し、風を避《よ》けながらマッチで火をつけた。煙草をくわえ、紫煙《しえん》をくゆらせながら、アメリカはどのような国であろうかと考えた。

幕末の嘉永《かえい》六年（一八五三）に、ペリーが率いるアメリカ合衆国海軍東インド艦隊の軍艦四隻《せき》が、日本に来航した。

この〈ペリー来航〉以降、日本は開国か攘夷かをめぐって両派の争いが沸騰《ふっとう》する。幕府の大老《たいろう》、井伊直弼《いいなおすけ》が尊攘派浪士に討たれた翌年の一八六一年、アメリカでは南部十一州と北部二十三州に分かれて、War between the States（諸州間の戦争）と呼ばれる内戦が起きていた。いわゆる、

――南北戦争

である。北部の大商人と南部の農場経営者が黒人奴隷《どれい》制度をめぐって対立し、勃《ぼっ》発《ぱっ》した戦争による戦死者数は南北両軍あわせて六十一万余に及んだ。

だが、黒人奴隷制度が廃止され、四百万の黒人奴隷が奴隷身分から解放されたことの歴史的意義は大きかった。

中でも南北両軍が四万五千人以上の死傷者を出した激戦地、ペンシルベニア州のゲティスバーグでリンカーン大統領が一八六三年十一月に行った演説における、

――government of the people, by the people, for the people

人民の人民による人民のための政治という言葉は、アメリカ国民を奮《ふる》い立たせた。

（わが国でも国を二分する戊辰の戦があったが、リンカーン大統領のような演説をする者は出なかったな）

陸奥は煙草をくわえ、目を細めながら思った。戊辰戦争では、京都守護職《しゅごしょく》だった会津藩はじめ、旧幕府軍を、

——朝敵《ちょうてき》
として攻撃しただけで、ついに和解することがなかった。

（できあがったのは、人民のどころか、藩閥による藩閥のための政府だった）

陸奥はあらためて苦々《にがにが》しく思った。

亮子はそんな陸奥からそっと離れて海を眺めた。

蒸気船は白い航跡を残して海を進んでいく。

これからどんな暮らしが待っているのだろう、と亮子は思った。


アメリカに到着した陸奥は、グローバー・クリーブランド大統領をホワイトハウスに訪問した。クリーブランドは、元は弁護士で、バッファロー市長、ニューヨーク州知事を歴任し、民主党の大統領となった。

この年、五十一歳。額が広く頰が豊かであごががっしりとした顔つきで口髭をた

くわえていた。物腰《ものごし》は穏《おだ》やか、口調も丁寧で傲慢さは見られなかった。正直で高潔《こうけつ》な自由貿易主義者として知られ、保護関税政策に反対していると陸奥は聞いていた。


ホワイトハウスで信任状を受け取ったクリーブランドは快活に、

——Welcome
と言うと、笑みを浮かべて、

「これからパーティーで忙しいですぞ。アメリカでの生活を楽しんでいただけるといいのだが」

と言い添えた。クリーブランドの言葉通り、公使館ではアメリカ政府の役人はじめ、各国公使を招いてのパーティーを連日、開かねばならなかった。

「鹿鳴館がこんなところで役に立つとはな」

陸奥は皮肉なものを感じた。実際、パーティーを開いてみると、亮子の鹿鳴館での社交経験が役に立った。

ドレスを着こなし、気品あふれた立ち居振る舞いの亮子はたちまちパーティーの華になった。さらに清子もまた、亮子譲りの美貌で人目を引き、姉妹のようだ、と囁かれた。

このころ、亮子は英会話ができるようになっただけでなく、かねて陸奥から日本の新聞の社説を読むように勧められていただけに、政治について知識を深めていた。

また、読書も欠かさず、『里見八犬伝《さとみはっけんでん》』『椿説弓張月《ちんせつゆみはりづき》』などの読本《よみほん》から『日本外史』『十八史略《しりゃく》』なども読み、外交官夫人としての素養を蓄えていたのだ。

このため、亮子はワシントンの社交界で人気を集め、国務長官などの政治家や、財界人のパーティーにも招かれるようになった。

陸奥は亮子とともに、これらのパーティーに馬車で向かいつつ、

「日ごろ、慎《つつ》ましやかな亮子がこれほど人気を得るとは不思議なことだな」

と言った。

亮子は恥じらいの色を見せて、

「異国から来た女子《おなご》が珍しいというだけのことでございましょう」

と答えた。

「いや、そうではない。この国は移民の国だ。さまざまな国から海を渡ってきた、民族が違うひとびとによって造られている。いまさら、民族が違うことに驚きも興味も持ちはしないだろう」

「そうなのですか」

亮子は途方に暮れたように首をかしげた。

陸奥はそれ以上、言わなかったが、亮子が、陸奥の仕事を助けようと、日々、努力していることを知っていた。

公使館のパーティーでは得意の琴《こと》を演奏し、日本の文学を英訳して紹介するなどした。また、亮子は公使館の内装を和風にして、訪れた各国の外交官に日本文化の魅力を伝えようとしていた。

日本が文明後進国でないこと、欧米とも渡り合える国であることを証明しようとしていたのだ。このためアメリカのある新聞は、

――The Prettiest Japanese Woman（最も美しい日本女性）

などと亮子をもてはやした。また、別な新聞は、

――Brilliant Woman（光り輝く女性）

と書いて亮子の美しさを称《たた》えたのである。

陸奥は慈《いつく》しみの籠もった目で亮子を見ながら、先日、公使館員が見せてくれたアメリカの新聞記事について考えていた。

それは、ちょうど一年前の六月二十五日にワシントンの新聞『イブニング・スター』に掲載《けいさい》された、

——In a Japanese Cage（日本の監獄《かんごく》）

と題された論文だった。著者は、

——馬場辰猪《ばばたつい》
とある。馬場は嘉永三年（一八五〇）、土佐藩士馬場来八《らいはち》の二男として高知城下中島町に生まれた。明治維新の後、福沢諭吉《ふくざわゆきち》の慶應義塾《けいおうぎじゅく》で英学を学び、明治三年（一八七〇）から八年間、イギリスやフランスに留学して法学を修めた。慶應義塾時代の馬場について、福沢は後に、

——眉目秀英紅顔《びもくしゅうえいこうがん》の美少年なりしが、此《この》少年唯《ただ》顔色の美なるのみに非《あら》ず、其天《そのてん》賦《ぷ》の気品如何《いか》にも高潔にして心身洗うが如く一点の曇りを留めず、加《くわ》うるに文思の緻密《ちみつ》なるものあり

と偲《しの》んでいる。福沢が将来を期待した、卓越《たくえつ》した弁舌《べんぜつ》と俊才《しゅんさい》を兼ね備えた秀才だった。馬場は留学中に、

——The Treaty between Japan and England（日英条約改正論）

という論文を英文で発表し、条約改正の必要を訴えた。

帰国後は官途につかず自由民権運動に身を投じ、自由党結成大会に参画《さんかく》。常議員、『自由新聞』記者となって活躍《かつやく》した。

だが、自由党党首の板垣退助が政府の斡旋した政商三井《みつい》の資金でヨーロッパに外遊するという問題で、板垣を批判して自由党から離脱した。

その後、自由党の過激派が栃木県令、三島通庸の暗殺を企てた加波山《かばさん》事件に触発され、ロシアの虚無《きょむ》党が暗殺に用《もち》いた爆薬《ばくやく》のダイナマイトに着目した。馬場は明治十八年（一八八五）十一月、横浜・山手《やまて》のモリソン商会で、

「ダイナマイトは売っているか」

と尋《たず》ねたため、密偵に通報されて爆発物取締罰則違反容疑で捕縛《ほばく》された。だが、翌年六月には無罪釈放されてアメリカに渡った。

その後、アメリカで日本の藩閥政府を批判する言論活動を旺盛《おうせい》に行っていた。

「日本の監獄」はそんな馬場が書いた論文で、日本の監獄にいまなお残る野蛮《やばん》さ、非人間性を鋭く糾弾していた。

論文を読んだ陸奥は、

「困ったことを書いてくれたな」

とつぶやいた。

陸奥は条約改正交渉をアメリカで行おうとしていたが、その中には治外法権の問題が含まれている。日本の監獄が野蛮であるということになると、在日の自国人を日本の裁判に任せるわけにはいかず、治外法権を撤廃する交渉に差し支えるのだ。

陸奥は苦い顔をして、

「まことに怪しからん男だ」

と吐き捨てるように言った。陸奥は土佐の後藤象二郎の屋敷を訪れた際、馬場をちらりと見かけたことを覚えている。話などはしなかったが、白皙《はくせき》の俊秀《しゅんしゅう》らしい容貌を記憶に止《とど》めていた。

馬場に会う機会があれば、糾問《きゅうもん》しなければならない、と陸奥は思いながら、読み終えた新聞をデスクに置いた。

〈剃刀《かみそり》〉と仇名《あだな》されるほど、鋭い頭脳を持つ陸奥の憤然《ふんぜん》とした様子は公使館員を震《ふる》え上がらせた。

十一

七月に入って陸奥はアトランティック・シティに亮子、清子とともに避暑《ひしょ》に出かけた。

アメリカに着いて以来、公使館でのパーティー続きで疲れている亮子を休ませようという考えもあった。

アトランティック・シティはアメリカ合衆国の北東部、ニュージャージー州にある保養地である。かつては漁村だったが、大西洋に突き出て気候が温暖なため、都会人の遊興地《ゆうきょうち》として栄えつつあった。

ある日、陸奥が亮子や清子、秘書官とともにホテルに入ると、ボーイが手紙を持ってきた。陸奥が保養に来るとどこかで聞いたらしく、面会を求める英語の文面だった。

だが、文末に記《しる》された名前だけは漢字で、

――馬場辰猪

とあった。

（馬場が、わたしに会いたいというのか）

陸奥は眉をひそめた。馬場が英文で手紙を書いたのは、万が一、誰かに盗《ぬす》み見られた場合、和文では却ってあらぬ疑いを受けることを慮《おもんぱか》ってだろう。

陸奥は少し考えてから、ボーイに、

「この手紙を寄越《よこ》した人物はこのホテルに泊まっているのかね」

と訊いた。ボーイは顔を横に振り、見下したような表情を浮かべると、

——a third rate hotel
とつぶやいた。三流のホテルに泊まっている男だ、という意味なのだろう。

陸奥はうなずいて、

「明日の午後、来るように伝えてくれ」

と言った。怪訝な顔をして聞いている秘書官に、

「明日、面白い客が来るようだ。だが、わたしひとりで会うことにするよ」

と告げた。しかし、ふと、思い直したように、亮子に顔を向けて、

「亮子にはそばにいてもらおうか。女の目から見て、どのように見える漢《おとこ》なのかを確かめたい」

と言った。亮子は戸惑いの表情を浮かべて訊いた。

「明日、お見えになるのはどのような御方《おかた》なのですか」

陸奥はにやりと笑って答える。

「おそらく、わたしによく似た漢だよ。だから亮子に相手の本性《ほんしょう》をよく見てもらいたいのだ」

馬場は福沢諭吉にその才を認められ、留学し、さらに過激な反政府活動の疑いで逮捕されたことがある、という。

その経歴は陸奥と似たところがあった。さらに、馬場の主張するところが不平等条約の改正と藩閥政府の打倒だとすれば、馬場の考えは陸奥によく似ている。

(明日はもうひとりの自分に会うことになるかもしれない)

陸奥は胸の中でつぶやいた。


翌日――

昼過ぎになって馬場はホテルを訪ねてきた。陸奥は客間で馬場と会った。

馬場の顔を見るなり、陸奥は眉をひそめた。

馬場は、三十九歳のはずだが、かつての美青年の面影《おもかげ》はなく、頬がこけ、目がくぼみ、顔色も悪く、やつれていた。着ている洋服も安物でほつれが目立った。
挨拶もそこそこに陸奥は、
「馬場君、体でも悪いのか」
と訊いた。馬場はうっすらと笑みを浮かべて、
「労咳《ろうがい》ですよ」
と、肺結核であることを告げた。
陸奥は顔をしかめた。
「それはいかん。ここで保養したらどうだ。栄養のある物を食べて休息すること
だ。そうすれば病《やまい》に勝てるだろう」
馬場はゆっくりと頭を横に振った。
「いや、どうやらわたしは永《なが》い命ではありません。お世話になれば迷惑をかけるだ
けですから。それよりもわたしは陸奥さんに話したいことがあります」
馬場は目を光らせて言った。病気で体力が衰《おとろ》えていても、気魄《きはく》が籠もった言葉だ
った。
「わかった。君の話を聞こう」
陸奥は馬場に革張《かわば》りの椅子を勧め、傍《かたわ》らの亮子を、わたしの妻だ、と紹介した。

馬場は優雅な身振りで頭を下げて亮子に挨拶した。

亮子はやつれた馬場に驚いたように目を瞠ったが、すぐにドレスの裾をつまんで頭を下げた。

馬場は革張りの椅子に座ると、陸奥をひたと見つめた。

「陸奥さん、わたしはあなたの『日本人』という論文を読んで共鳴いたしました。御一新《ごいっしん》で、われらは日本人となった。これからは旧藩と関わりなく国造りをしていかねばならない。ところが政府は薩長藩閥に占められ、自分たちの権勢を守ることに汲々《きゆうきゆう》としている。まことに国のために働いている者はわずかです」

馬場は息を荒くしながら、激しい口調で言った。陸奥は心中でうなずきながらも言葉は発しなかった。

馬場の言葉に同調すれば、反政府の意見を露《あら》わにしたことになるからだ。黙《だま》って聞いている陸奥に向かって馬場は言葉を重ねた。

「陸奥さん、わたしがあなたに言いたいのは、日本人としてわが国民を統一することが外国との不平等条約を改正することに不可欠なだけでなく、不平等条約改正こそが国民が日本人となる道だ、ということです」

真剣な眼差しで語る馬場の言葉に、陸奥は思わずうなずいた。

「わたしもそう思っている。それだけに君が新聞に発表した『日本の監獄』は、条約改正交渉の妨《さまた》げになる。遺憾《いかん》なことだとわたしは想《おも》っている」

陸奥が言うと馬場はひややかに笑った。

「些細な事です」

「アメリカの新聞にわが国の監獄の悪口を書くことが些細な事かね」

陸奥が目を鋭くして言うと、馬場は嗤った。

「さようなことが、どれほど、条約改正交渉に響きますか。わが国の欠陥《けっかん》を突かれたことで、アメリカでの評判を気にしているだけだ。陸奥宗光はさような小人《しょうじん》ですか」

あからさまに小人と言われて陸奥は苦笑した。

「なるほど、アメリカでの評判を気にするのは、たしかに小人の所業《しょぎょう》かもしれぬ。君にはもっと言いたいことがあるのだな。聞こう」

陸奥は真剣勝負をするかのように身構えた。馬場は、ごほん、ごほん、と咳《せ》き込んで苦しげにしたが、咳が治まると口を開いた。

「そもそも不平等条約の改正とは、わが国と諸外国が対等の立場に立つことです。それがなぜ、果たされていないか、と言えば旧幕府の不手際《ふてぎわ》もありますが、それ以上に諸外国がわが国を侮っているからです」

馬場は陸奥を見据《みす》えた。陸奥は表情を変えず、馬場を見つめ返す。

「イギリスやフランス、ロシアなどは清国を蹂躙《じゅうりん》し、様々な利権を得ました。それ以来、東洋の諸国を扱いやすしと見て、自分たちより一段下に見ているのです。だから、わが国との不平等条約の改正交渉にも応じようとしない。その源《みなもと》はいずれにあるか――」

馬場は言葉を切って、陸奥に問いかける様子を見せた。

「外国の侮りを受けることになったのは、幕末に長州藩は馬関戦争、薩摩藩は薩英戦争で外国の攻撃を受け、負けたからだな。すなわち、ただいまのわが政府は外国に敗れた敗者によってつくられた。それゆえ、外国に弱腰《よわごし》で自らを堂々と主張することができないのかもしれぬ」

陸奥が言うと、馬場はにこりとした。

元治《げんじ》元年（一八六四）八月、アメリカ、イギリス、フランス、オランダの四カ国連合艦隊がその前年、長州藩が攘夷を決行、下関海峡を通過したアメリカ商船、フランス・オランダ軍艦を砲撃《ほうげき》したことへの報復攻撃を行った。

長州藩内では、イギリス留学から急遽帰国した伊藤博文、井上馨が戦闘を回避《かいひ》しようと奔走《ほんそう》したが果たせず、連合軍に下関砲台のことごとくを破壊され、敗北した。

一方、薩摩藩は文久三年（一八六三）六月、その前年、薩摩藩の行列を妨げた外国人を殺傷したいわゆる、

——生麦《なまむぎ》事件

の報復のため鹿児島に来襲《らいしゅう》したイギリス艦隊と砲火を交えた。この戦闘により、鹿児島城下は火の海となった。

イギリス側も暴風による損害や、武器、食糧の不足で引き揚げたものの、城下を焼かれたからには、薩摩側の敗北だった。

「さすがに陸奥さんですな。よくおわかりだ。外国との戦で負けた長州藩と薩摩藩が幕府を倒して新政府をつくるなり、それまでの攘夷を捨て、外国に屈従《くつじゅう》する道を選んだのです。明治六年の征韓論《せいかんろん》政変も岩倉使節団として西洋を見てきた大久保利通、岩倉具視ら政府要人が、さらに外国への屈従の姿勢を強め、わが国が朝鮮に出兵することを恐れて、自分たちと意見の違う者を政府から追い出したのです」

「なるほど、そうとも言えるな」

陸奥は馬場の鋭い舌鋒《ぜっぽう》にうなずいた。馬場は唇《くちびる》を舌で湿《しめ》してから話を続けた。

「つまり敗者の政府であるがゆえに、外国を恐れ、鹿鳴館などという自らの誇りを捨てた政策を行ってきたのです。西洋人の真似をする猿芝居で外国の機嫌《きげん》をとろうとする。まことに愚かな話です。諸外国に対しては弱腰でそのくせ、国内には居丈《いたけ》高《だか》になる内弁慶《うちべんけい》な政府になってしまった」

　馬場は嘲るように言った。

　鹿鳴館への批判を聞いて、亮子はうつむいた。馬場の言うことがもっともだ、と思ったのだ。しかし、陸奥は余裕の顔で馬場に反論した。

「とはいえ、諸外国の武力にわが国が及ばないのは事実だ。対等であろうとするのは、容易《ようい》なことではない」

　馬場は眉をひそめた。

「だから、外交の力でやろうというのが、陸奥さんの考えでしょう」

「そうだ。それ以外に方法はない」

　陸奥ははっきりと言ってのけた。

「本当にそうなのでしょうか。わたしには、他にも道があるように思えてならないのですよ」

　馬場は熱に浮かされたような目をして言った。

「どういうことだ」

「陸奥さんは西南戦争のおりに政府への謀反を企んだかどで投獄されたそうですな」

「それがどうした、というのだ」

陸奥は訝しそうに訊いた。

「あの戦は何のために起きたと思われますか」

「政府が、逆らう者を武力で抑え込んだのだ」

憮然として陸奥は答えた。

「それだけではありません。わが国が他国に戦争を仕掛ける事態になるのを恐れ、外征《がいせい》を主張する者の芽を摘《つ》もうとしたのです」

「なんだと」

陸奥は目を瞠った。

馬場が言おうとしているのは、これまで考えもしなかったことのようだ。馬場は陸奥を見据えて、

——American War of Independenceについて知っているか、と訊いた。

「アメリカ独立戦争だな。アメリカはかつてイギリスの植民地だった。だが、独立のための戦いでひとつの国になったのだ」

一七七五年、アメリカの十三植民地がイギリスの重商主義政策に対して自治権を求め、武力衝突した。

十三州は独立を宣言、ヨーロッパ諸国、特にフランスの支援を得てイギリス軍を破り、一七八三年のパリ条約で独立が承認されたのである。

「陸奥さん、わが国に必要なのは諸外国と対等になるための独立戦争、War of Independenceです。征韓論のとき、大久保利通たち外遊組は、戦を起こせば諸外国の反発を買うことを恐れて西郷隆盛ら征韓派を政府から追い出したのです」

熱っぽく話す馬場の言葉に陸奥は聞き入った。馬場は何かに憑《つ》かれたかのように話し続ける。

「わたしは天下の輿論《よろん》により、自由民権の世を開き、暴虐《ぼうぎゃく》な政府を斃《たお》したいと願っています。しかし、その後、諸外国と対等になるためには理想だけでは無理なのです。諸外国は武力が対等でなければ相手にしようとはしません。だとすると、不平等条約を改正するためには、独立戦争での勝利が必要なのです。それが、わたしが、アメリカで学んだことなのです」

言い終えた馬場は、急にごほ、ごほ、と咳き込んだ。亮子は椅子から立ち上がり、急いでそばによった。

「大丈夫でございますか」

馬場はあえぎながら答えた。

「奥さん、ご親切に言っていただいてありがとう。わたしは大丈夫です。だが、これから陸奥さんは大きな荷を背負うことになるでしょう。貴女《あなた》の助けがきっと必要になる――」

言いかけた馬場は蒼白《そうはく》になると床《ゆか》に頽《くずお》れた。うつむいたまま、真っ赤な血を吐いた。

「誰か、来て。お医者を呼んでください」

亮子が声を高くした。陸奥は跪《ひざまず》いて馬場の体を抱《かか》え、背中をさすった。

「しっかりしろ。君ほどの逸材《いつざい》にはまだ国のために働いてもらわねばならん」

馬場は咳き込みながら、

「わたしはもう無理です。どうやら日本に戻れそうにありません。いま申し上げたことはわたしの遺言《ゆいごん》です。戦争で諸外国と対等になるのは本当は望ましいことではない。しかし、いまの日本はそれ以外に道がない」

と苦しい息のもとで言った。

陸奥は何と言っていいかわからなかった。間もなく医者が駆けつけ、手当が行われた。

馬場はようやく咳が治まるとホテルから帰っていった。


四カ月後――

馬場がフィラデルフィアで亡くなったという報せが陸奥のもとに届いた。

陸奥は手紙を握りしめて暗澹《あんたん》となった。

馬場はアメリカに渡ったものの、満足に収入を得る道がなく、日本から持ってきた骨董品《こっとうひん》を売りさばき、さらに生糸《きいと》の売買を行って生計をたてようとした。しかし、商売はうまくいかず、貧窮《ひんきゅう》のうちに病となったのだ。

(惜しい俊才を亡くした)

陸奥は呆然とする思いだった。そして、亮子に馬場の死を告げて、

「馬場辰猪はどのような漢であったと思うか」

と訊いた。

亮子はしばらく考えてから、

「あの方は優し過ぎるひとだったように思います」

と答えた。

「優し過ぎる?」

陸奥が首をかしげると、亮子は悲しげに、

「優し過ぎるから、自分のことを忘れて国のことをお考えになったのでしょう。そして国のためなら何でもしなければならない、という思いが、あのような――」

War of Independence が必要だという言葉になったのだ、と言おうとして亮子は口をつぐんだ。独立して諸外国と対等になるためには戦争が必要だ、というのは恐ろしい考えだ、と思った。あるいは病に冒《おか》され、熱のために思い浮かんだ考えかもしれない。

(聞いてはいけない言葉だったのかもしれない)

亮子が物思いにふけっている傍らで、陸奥は馬場の痩《や》せ衰えた顔を脳裏《のうり》に思い浮かべた。

「戦争が必要だ」

という熱に浮かされたような言葉は病が言わせたのだ、と思おうとした。しかし、冷徹な陸奥の頭脳は、もし戦争をするなら、相手はどの国がよいのだろうか、

とも考えていた。イギリスやフランス、ロシアなどいずれも迂闊に戦争などできない強国だった。考えるうちにふと、

――清国

という国名が浮かんだ。

（清国ならば――）

陸奥は考えようとして、ぶるっと頭を振った。

（わたしは何を考えているのだ）

陸奥の背中につめたい汗が浮いていた。なぜか、

――devil

という言葉が浮かんだ。馬場にとり憑いたのは、

――悪魔《あくま》

なのだろうか。

十二

馬場辰猪が亡くなった後も、陸奥はワシントンでパーティーに出席し、亮子はパ

ーティーの花形としてもてはやされていた。

しかし、時折、陸奥の表情に物憂《ものう》い翳《かげ》りが過《よぎ》ることがあった。

アメリカとの交渉では、なかなか不平等条約改正の糸口が見いだせなかったからだ。

そんなある日、かつて駐米公使館にて勤務し、いまは上海《シャンハイ》領事で、たまたまワシントンに来ていた高平《たかひら》小五郎が、公使館のパーティーに姿を見せると、

「お引き合わせしたい方がいます」

と言った。高平は、陸奥国の一関《いちのせき》藩の藩士の家に生まれ、戊辰戦争では奥羽越《おううえつ》列藩《れつぱん》同盟側として従軍した。維新後、工部省に出仕の後、外務省に入った。かつての朝敵の藩出身だが、有能な外交官として着実な仕事をしていた。この年、三十五歳である。ずんぐりとした体つきで穏やかな風貌だった。

高平が紹介したのは髪《かみ》が黒く、日焼けした精悍な顔立ちの五十過ぎの男だった。

「紹介いたします。メキシコ公使のマティアス・ロメロ氏です」

高平は丁重にロメロを陸奥に引き合わせた。陸奥は、高平が五年前からロメロと日墨《にちぼく》修好通商航海条約締結《ていけつ》に向けて協議していたことを思い出した。

それまで日本が欧米諸国と締結していた条約では優遇《ゆうぐう》条項を盛り込むことを強い

られていた。だが、メキシコ政府との交渉はこうした条項のない平等な条約の締結を前提としていた。

日本政府は、欧米諸国と締結した不平等条約を改正する交渉過程で、メキシコとの条約締結が先例となるだろうと考えていた。

一方、メキシコ政府はポルフィリオ・ディアス大統領が、それまでのアメリカ重視の外交政策からアジア外交に重点を移そうとしていた。

（それなのに、なぜいまだに交渉がまとまっていないのだろう）

陸奥は不思議に思いつつ、笑顔でロメロに挨拶した。ロメロは陸奥に続いて、傍らの亮子にも典雅《てんが》な身振りで挨拶し、

「奥様の評判はうかがっております。まことに brilliant ですな」

となめらかな口調で言った。

夫の前で妻を褒め称える習慣はメキシコならではのものだけに、陸奥は苦笑してうなずいた。

しばらく談笑していたが、高平が知人を見つけて離れると、ロメロはすかさず、陸奥に近づいて囁いた。

「少し、お話をいたしたいのですが、庭で星を眺めませんか」

陸奥はちらりとロメロを見た。

短い口髭をたくわえたロメロは社交になれた男のようだが、同時に油断のならない外交官でもあるようだ、と思った。

「喜んで」

陸奥は、亮子に庭で星を眺めてくると告げると、ロメロの後をゆっくりと追って広間から出た。

ロメロは勝手知った庭のように陸奥を木陰《こかげ》に誘うと、

「御国もそうかもしれませんが、わがメキシコも国家として成り立っていくためには苦労してきたのですよ」

ロメロはいつの間にか取り出していた葉巻《はまき》をくゆらせながら話した。

メキシコはもともと先住民族のアステカ帝国が支配していたが、一五二一年にスペインのエルナン・コルテスに征服されてからはスペインの植民地となった。当時は、ヌエバ・エスパーニャ（新スペイン）副王領と呼ばれていたが、一八二一年にようやく独立を果たした。

「それでも日本とメキシコは昔から関わりがあるのです」

ロメロは慶長《けいちょう》年間に奥州《おうしゅう》の大名、伊達政宗《まさむね》が派遣したローマへの使節一行がメキシコに寄港したことをあげた。

「当時のヌエバ・エスパーニャと日本は親しい間柄だったのです」

　ロメロは大げさな身振りで言うと、

「これからもさらに交流を深め、助け合うために日墨修好通商航海条約を結ぶべきだと考えますが、いかがでしょうか」

　ロメロは薄暗がりの中で猫のように目を光らせて、懐から取り出した葉巻を陸奥に勧めた。

　陸奥は葉巻を受け取り、マッチで火をつけてくゆらせながら、

「結構な話だと思いますが、いままでなぜ進んでいなかったのでしょうか」

と訊いた。ロメロはゆっくりと口を開いた。

「それは双方に問題があったからです」

「ほう、わが国の問題は何でしょうか」

　陸奥は興味深げにロメロを見つめた。

「日本は欧米諸国に引け目を感じすぎておられる。それで、まずイギリスやフランスなどと不平等条約を改正しようと考えてこられた。その交渉が進むまでメキシコとの交渉は中断してきたのです。しかし、わたしは日本はまず欧米諸国以外の国と

の交渉を先にすべきだ、と考えます」

怜悧そうな口調でロメロは言った。

「わかりました。ではメキシコ側の問題とは何なのでしょうか」

「わが国がなぜ日本との交流を望むか、その理由をはっきり伝えきれていなかった。そのため御国の政府は関わりの薄い遠い国との条約締結を急がなくともよいと思われてきたのです」

「なるほど、そうかもしれませんな。ではメキシコがわが国との交流を望む理由は何なのですか」

陸奥に問われて、ロメロは淡々と答えた。

「グラント将軍ですよ」

「グラント将軍？」

陸奥は目を瞠った。

ユリシーズ・グラント将軍は北軍の名将として知られる南北戦争の英雄だった。南北戦争後も人気が衰えず、アメリカ合衆国の大統領を一八六九年から、二期、八年務めた。

明治四年（一八七一）に日本の岩倉使節団がアメリカを訪れた際、大歓迎するなど日本に対して好意的だった。日本との条約改正も支持していた。

また、グラントは大統領を退任した後、世界を漫遊《まんゆう》する旅をした際には日本を訪問するなど、アメリカきっての知日家《ちにちか》だった。

「グラント将軍は日本がお好きだったようですが、それだけではないのです。アメリカはイギリスから独立しただけに、イギリスがアジア交易《こうえき》を支配している現状を打破したいと考えていたのです。そのためには、日本に自主関税の権利を持ってもらい、イギリスの支配が届かないようにしたい。メキシコにもアジア交易を広げるように勧め、そのためにも日本と平等な条約を結ぶべきだ、とわが国の大統領を説《せっ》得《とく》していたのです」

ロメロはわかりやすく説明した。

「なるほど、わかりました。しかし、そのような理由ならば、高平公使に伝えればわが政府も理解したのではないでしょうか」

陸奥が言うと、ロメロは夜空を見上げ、葉巻をくわえて、

「そうでしょうか」

とつぶやくように言った。

「違うと言われますか」

「高平さんは、いまの政府と戦った旧政府軍に所属したひとだと聞いています。いまの政府は旧政府軍に所属した人に手柄《てがら》をあげさせたくないのではありませんか」

「さて、どうでしょうか」

ロメロの言うことは当たっていると思いながら、陸奥は返事を濁《にご》した。高平が優秀な外交官であることは衆目《しゅうもく》の一致するところだが、それでも海外の公使館をまわり、日本に帰ることができずにいるのは、かつて奥羽越列藩同盟に所属したという経歴のためだろう。

「しかし、わたしも高平と同様に、いまの政府の派閥に属しているわけではありません。高平にできないことはわたしにもできないと思います」

陸奥はロメロを試すように見ながら言った。ロメロは快活な笑い声をあげた。

「そんなことはありません。あなたは政府の重鎮《じゅうちん》である伊藤博文公の厚い信頼を得ている。あなたがわが国との条約締結を決断すれば話は一気に進むでしょう」

ロメロは当然のことだ、という口ぶりで言った。したたかなロメロの弁舌に振り回される思いがした陸奥は、ふと、

「ところで、あなたがこれほど条約締結に熱心なのには何か理由があるのですか」

と訊いた。ロメロはにやりと笑った。

「それも話さないと信じてはいただけないのでしょうな。ならば、申し上げますが、わたしは政治家である前に実業家でして、アジアでの交易の道を開いて一儲《ひともう》けしたいと目論《もくろ》んでいるのです」

日本との通商条約が成立すれば、メキシコは日本を介して清国の市場に進出し、メキシコ銀貨を売り、東洋物産を輸入するのだとロメロは説明した。

「ほう、政治より、交易ですか」

「いけませんかな」

ロメロに訊かれて陸奥は頭を振った。

「いえ、そんなことはありません。あなたと同じようなことを言っていたひとをわたしは知っています。そのひとは世の中を大きく動かしました。世界を変えていくのは、実利がわかり、実利に沿って動くひとかもしれません」

「ほう、その人は何という方ですか」

坂本龍馬だ、と答えようかと思ったが、陸奥はあえて口にしなかった。

もし、龍馬が生きていれば、世界を飛び回り、イギリスの交易支配を打ち崩そうとしているかもしれない。

陸奥は夜空から、

「誰もが、自由に商売ができにゃいけんぜよ」

という声を聞いたような気がした。

ロメロは陸奥との話が終わったと見たのか、

「さて、広間に戻りましょうか。願わくば奥様とダンスをするのを許していただきたいものですな」

ロメロは含み笑いをして言った。

陸奥は返事をしなかった。許さなくともロメロは遠慮なく亮子をダンスに誘うに違いないと思ったからだ。

広間に戻りながら、ふと見上げた夜空にひときわ大きな星が輝いているのが見えた。

（あれは坂本さんの星ではあるまいか）

陸奥は歩きながらそんなことを考えた。


この年、十一月、日本とメキシコとの間での日墨修好通商航海条約が締結された。日本にとって初めての平等な条約だった。翌年には、念願だった日米改正通商条約にも調印している。

陸奥は明治二十三年（一八九〇）に帰国。同年五月、第一次山縣内閣の農商務大臣に就任した。

アメリカから帰国した陸奥の耳には、

――War of Independence

が必要だ、という馬場の言葉が響いていた。

だが、同時に陸奥は、馬場は本当にあのようなことを言ったのだろうかと訝しく思った。

（あれは自分の心の声だったのではないか）

そんな思いにも囚《とら》われるのだった。

十三

この年五月、第一次山縣内閣の農商務大臣に就任した陸奥は、七月には第一回衆議院議員総選挙に和歌山県第一区から出馬して当選した。

翌年五月、第一次松方内閣で農商務大臣として再入閣したが、明治二十五年三月、総選挙における松方内閣の激しい選挙干渉を批判して辞任した。しかし、その後、第二次伊藤内閣に外務大臣として迎えられることになった。

明治政府にとって最大の懸案《けんあん》である条約改正を目指しての登用である。

鹿鳴館政策を推し進めた井上馨が世間の非難を浴びて外相を辞任した後、佐賀出身の大隈重信が外相として条約改正に取り組んだ。しかし、改正のために大隈がまとめた条約案で外国人判事を認めようとしていることが、

——国辱である
として世論の反発を買った。

明治二十二年十月十八日午後四時過ぎ、閣議を終えた大隈が霞ケ関《かすみがせき》の外務省正門にさしかかったとき、福岡の壮士団体、玄洋社《げんようしゃ》の来島恒喜《くるしまつねき》が馬車めがけて爆弾を投じた。爆発により大隈は右足切断に至る重傷を負った。

来島は福岡より上京して改正反対運動に取り組んでいたが、運動の膠着《こうちゃく》状態を打開するため大隈を暗殺しようとしたのだ。来島は投弾直後にその場で自刃した。

外相が遭難《そうなん》したことにより、政府は条約改正交渉の中止を決定し、黒田内閣は総辞職した。

条約改正交渉はまさに命がけの難事だった。

明治二十五年（一八九二）八月――

外務大臣に就任した日、陸奥は人力車で自邸に帰った。燕尾服、山高帽《やまたかぼう》がよく似合った。玄関で出迎えた和服の亮子が目に笑みをため、

「よくお似合いでございます。風格が備わられましたようでございます」

と言った。

「そうか――」

陸奥は無愛想《ぶあいそう》に言うと山高帽を亮子に渡して屋敷に入った。亮子の言葉に機嫌を損じたわけではないことは、歩幅が広く、歩みが闊達《かったつ》であることでわかった。

亮子は微笑して従い、陸奥が着物に着替えて書斎に入ると、茶を運んだ。

陸奥は机について何やら本を読んでいた。

茶を机のそばのテーブルに置いた亮子が、

「何のご本でしょうか」

と訊くと、陸奥は軽く咳払《せきばら》いしてから、

「万国公法だ」

と答えた。

「難しそうなご本でございますね」

亮子は感心したように言った。

「そうでもない。なにしろ、学問嫌いの坂本さんが愛読した書物だからな」

陸奥は冗談を言った。

万国公法とは、アメリカの国際法学者H・ホイートンの国際法の解説書『Elements of International Law』を清国在住アメリカ人宣教師、W・マーティンが漢語訳したものである。

慶応元年（一八六五）に幕府開成所により翻刻《ほんこく》刊行された。当時としては国際法の存在を伝える唯一《ゆいいつ》の書物だった。

龍馬は万国公法について知っていることが自慢だった。土佐でこんな話が伝わる。

龍馬があるとき、土佐勤王党の同志、檜垣直治《ひがきなおはる》と道で出会った際、檜垣が長い刀をさしているのを見ると、

「屋内で刺客に襲われたときは役に立たんぜよ」

と自分の短い刀を示した。そこで檜垣が、刀を短いものに代え、次に龍馬に会ったときにそれを話すと、龍馬は、

「これからは刀の時代ではないきに」

と、懐からピストルを取り出して檜垣に見せた。なるほど、と思った檜垣がその後、ピストルを手に入れて龍馬に見せると、龍馬は笑った。

「これからは武力ではなく、これぜよ」

といって懐から万国公法を取り出したという。

「まあ、龍馬様が――」

亮子は目を丸くした。

陸奥が幕末、海援隊士だったころ隊長である龍馬に兄事《けいじ》し、尊敬の念を抱いていたことを亮子は知っていた。

陸奥は万国公法を手に、

「坂本さんは万国公法を使って、いろは丸の衝突事故で紀州藩を翻弄した。まことに外交の機略に長けていたな」

とつぶやいた。

慶応三年（一八六七）四月、海援隊が借り受けていたいろは丸と、紀州藩の軍艦、明光丸が備中国笠岡諸島沖で衝突する事故が起きた。

明光丸は、イギリスで建造された長さ四十二間《けん》（約七十六メートル）、幅六間（約十一メートル）、八百八十七トンの蒸気船だった。いろは丸は大破し自力航行ができなくなり、明光丸により曳航《えいこう》されたが途中で沈没した。乗船していた坂本龍馬たち海援隊士は明光丸に乗り移った後、鞆《とも》の浦《うら》に上陸、賠償交渉を開始した。

龍馬の巧妙《こうみよう》さは紀州藩と交渉しながら、同時に世論を煽《あお》ったことだ。海援隊の浪人者たちが親藩《しんぱん》である紀州藩相手に対等に談判していることに痛快さを感じて長崎の町人たちは海援隊を支持した。

親藩としてあがめられることに慣れていた紀州藩では思わぬ事態に狼狽《ろうばい》し、さらに万国公法を振りかざす龍馬に押され、談判で屈した。

複雑な理由で紀州藩を飛び出した陸奥にとって龍馬が機略縦横《きりやくじゆうおう》、親藩を手玉にとるさまは快事だった。

(いろは丸には坂本さんが損失額に数えたミニエー銃などは積んでいなかった。坂本さんは紀州藩をだましたのだ。恐るべき悪辣《あくらつ》ぶりだったたな)

思い出しておかしくなった陸奥は笑った。

亮子は不思議そうに首をかしげた。

「旦那様は龍馬様のお話をされるときはいつも楽しそうに笑われます」

「そうかな。いまでも坂本さんから学ぶべきことは多いと思っているからだろう」

陸奥は感慨深げに言った。

「まあ、イギリスにまで勉学に行かれた旦那様がまだ学ぶことがおありなのですか」

驚いたように亮子は言った。

「あるとも、例えば坂本さんが大事にした、この万国公法についても然《しか》りだ」

陸奥は万国公法をテーブルに置いて口を開いた。

「これには、世界の国が文明国と半開の国（半文明国）、未開の国に分けられているのだよ」

亮子は息を呑んだ。

「わたしはアメリカにおりましたとき、世界の国はどこも同じで仲良くなれるのだと思いましたが」

「それは建て前だ。まことを言えば万国公法は世界を文明人の国と半開、蛮族《ばんぞく》の国と三つに分けている。文明人の国として完全な国際法が適用されるのがヨーロッパ諸国と南北アメリカ諸国だ。これに対して半開の国はトルコ、ペルシア、シャム（タイ）、清国、そして日本がこれに該当《がいとう》して領事裁判権などの不平等条約の対象とされる。蛮族の国とは残りすべての地域をさし、国際法上は〈無主地〉とみなされ、文明国がその土地を占有《せんゆう》できるとされているのだ」

「まあ、それはあんまりではありませんか」

亮子は美しい眉をひそめた。

「まことに身勝手だが西洋とはそういうところなのだ。弱肉強食の世界で勝ち残った者だけが平等の権利を得る。例えばノルマントン号事件がそうだ」

陸奥は目を光らせて言う。

ノルマントン号事件は明治十九年（一八八六）十月、陸奥の故郷である和歌山の沖で起きた。

横浜を出港、神戸に向かったイギリス汽船会社所有のノルマントン号は、航行途中暴風雨に遇《あ》い、和歌山県樫野崎《かしのざき》の沖合で難破、沈没した。その際、船長ドレークをはじめ乗組員のイギリス人、ドイツ人などは全員ボートで脱出した。

ところが、日本人船客二十五名はただの一人も避難できた者はなく、船中に取り残されてことごとく水死したことがわかった。井上馨外相が調査を命じ、国内世論も西欧人乗組員の日本人船客への非人道的行為を非難して沸騰した。

このため、神戸駐在英国領事は、領事館で海難審判を行ったもののドレーク船長以下全員に無罪の判決を下した。このため世論はさらに激昂《げっこう》した。

井上外相は、世論を無視できず、兵庫県知事・内海忠勝《うつみただかつ》にドレークを殺人罪で告《こく》訴《そ》させた。その結果、ドレークに有罪判決が下され、禁錮《きんこ》三カ月となったが、賠償は行われなかった。

日本人への差別があからさまな理不尽《りふじん》な事件だった。

この事件を振り返る都度《つど》、陸奥の胸にアメリカで会った馬場辰猪が言った、

——War of Independence（独立戦争）

という言葉が耳に蘇《よみがえ》った。

井上馨の鹿鳴館や大隈重信の外国人判事採用などの欧化政策は西欧に媚び、認められようとするものだった。それだけに国粋《こくすい》主義者から反発を買い、井上は失脚、大隈は片足を失った。

そのような結果にならないためには欧米の白人社会に認められるだけの軍事力を持ち、なおかつ戦争に勝利しなければならないだろう、と陸奥は考えるようになっていた。

（坂本さんならどうするだろうか）

北辰一刀流《ほくしんいっとうりゅう》の剣客《けんかく》だった龍馬だが、刀をとっての争いは好まなかった。幕末で

も最後まで幕府との戦を避け、平和のうちに統一国家を作ることをめざしていた。

それだけに、龍馬なら、

「血を流してことを運ぶのは下策《げさく》ぜよ」

と言うかもしれない。

（しかし、坂本さんが理想とした万国公法によれば、わが国は半開の国で不平等条約から抜け出せないことになる）

国際社会で平等の地位を得ようとすれば、非常の手段もやむを得ないのではないか。龍馬が抱いた夢は夢として、自分は地に足がついた生き方をしなければならないだろう。それは、血にまみれ、泥にまみれた生き方になるかもしれない。

そう陸奥が考えたとき、亮子はため息をついて、

「旦那様は人にはなし得ないことを考えておいでのように思います」

と言った。亮子は陸奥が何を言っているのかよくわからなかった。ただ、陸奥がなし難《がた》いことを考えているのだろう、と察した。

亮子はアメリカにいたころ、知り合いの夫人たちに誘われて何度かキリスト教の教会に足を運んだ。誘われても信者になろうとは思わなかったが、十字架にかけられたキリスト像にはなぜか心惹《こころひ》かれた。

抱えきれぬほどの苦悩とひとの思いを背負ったキリストが陸奥に似ていると思ったからだ。

亮子は彫りの深い陸奥の翳りを帯びた顔を見詰めないではいられなかった。

陸奥ははっとした。

そもそも、不平等条約改正のために戦争をするなどという、都合のいいことができるものなのだろうか。

（わたしは幻《まぼろし》を見ているようだ）

陸奥は頭を振った。

十四

明治二十六年（一八九三）八月――

閣議の後、陸奥は伊藤博文に歩み寄った。

「閣下、お話があります」

陸奥が声をひそめて言うと、伊藤は何を思ったのか大声をあげた。

「なんだ。陸奥君も芸者買いがしたいのか。困るのう。君は良い男じゃから芸者どもがさぞや騒いで、われこそはと名のりをあげるぞ」

からからと伊藤は豪傑《ごうけつ》笑いをした。

陸奥が内密の話を持ちかけてきたと見て、伊藤流にカムフラージュしたのだろう。総理の執務室に陸奥を誘った伊藤は向かい合って椅子に座ると、葉巻に火をつけて吸った。

紫煙が漂い、葉巻の匂《にお》いが室内に満ちた。

伊藤が葉巻を吸うのは、岩倉使節団の一員として外遊、プロイセンの宰相ビスマルクと会って以来のことだ。伊藤はじめ、明治の元勲《げんくん》たちは、

――鉄血宰相
として小国プロイセンをヨーロッパの強国にのしあげ、さらに日本にとって潜在的な脅威《きょうい》であるロシアと対峙《たいじ》する精強な陸軍を育てたビスマルクを敬《うやま》っていた。

伊藤は小ビスマルクを気取って周囲の失笑を買っていたが、どのように嘲られても意に介さず、わが道を行くのは伊藤の強みだと陸奥は思っていた。おそらく最も高みに昇り詰めるのは、伊藤を笑った者ではなく、伊藤だろう。

「何の話だね」

伊藤は目を細めて訊いた。

七月五日の閣議で陸奥は条約改正に関する意見書を提出した。十九日には伊藤とともに参内《さんだい》して天皇の裁可《さいか》を得ていた。

陸奥は条約改正を行うにあたっては、イギリスに狙いをつけていた。

イギリスは世界の強国のひとつであり、条約改正に成功すればほかの国に影響を及ぼすに違いないと思ったからだ。

さらにこのころ、世界各地に勢力を広げていたイギリスにとって、最大のライバルがロシアだった。イギリスはロシアに対抗するために、ロシアの南下に脅威を感じている日本に協力を求めてきていた。

陸奥はこれを好機と見て、イギリスに協力する条件として、治外法権の撤廃を申し入れようとしていた。

八月四日には、駐独公使青木周蔵にイギリスとの交渉を始めるよう指示していた。青木は外務大臣を務めた経験があり、陸奥とも親交があった。

陸奥の条約改正案は、外国人判事をおかないことを明記したうえで、条約締結後、その発効に五年間、猶予《ゆうよ》期間を設けるとして硬軟両方の構えがあった。しかし、何よりも外国と対等の条約を結ぼうという気概にあふれていた。

井上馨や大隈重信とは違って陸奥は政略を仕掛けて外交を行おうとしていた。そ

の手法は後に、

——陸奥外交

と呼ばれることになる。

陸奥は条約改正交渉に向けて着々と手を打ちつつあるだけに、内密の話とは何だろう、と伊藤は思った。

「朝鮮のことなのです」

陸奥は淡々と言った。

「ああ、それはややこしい。わしにはわからんぞ」

伊藤はあっさり言ってのけると、眠りかけの猫のように目を細めた。

朝鮮は永年《ながねん》、朱子学《しゅしがく》の理念に基づく鎖国《さこく》攘夷政策をとってきた。一八六六年にアメリカの武装商船シャーマン号とフランス艦隊、一八七一年のアメリカ艦隊の侵入を撃退《げきたい》して鎖国をつらぬいた。

だが国王高宗《こうそう》の妃《きさき》である閔妃《びんひ》の一族が実権を握ると、開国政策をとり始めた。一八七六年、その前年に起きた江華島《こうかとう》事件を契機に日朝修好条規を締結して開国した。しかし、その後、光緒《こうしょ》八年（一八八二）、軍人が暴動を起こした、

――壬午《じんご》軍乱

が起き政権の混乱によって、日、清両国の武力干渉を招いた。

さらに清国にいままで通り従属関係を継続しようとする守旧派と、清国から独立して国政改革を行おうとする開化派の対立が深まった。開化派は日本の明治維新に倣《なら》おうとしており、親日派だった。

開化派は、光緒十年にクーデターである、

――甲申《こうしん》政変

を起こして新政府を組織した。

だが、清国の袁世凱《えんせいがい》軍が武力介入すると、支援を約束したはずの日本軍は引き揚げた。このため新政権は孤立してわずか三日で崩壊《ほうかい》した。

親日派である開化派のクーデターが失敗したことは、朝鮮半島における日本の立場を後退させた。その後は清国と日本の睨み合いが続いていた。

伊藤は朝鮮半島から清国と日本が同時に撤兵すべきだ、と主張した。これに対し、ベトナムの宗主権《そうしゅけん》を奪おうとするフランスとの戦いを主導する李鴻章《りこうしょう》が譲歩して、伊藤と日清天津《てんしん》条約を結び両国の軍隊を撤退させていた。

「朝鮮のことは難しい。うっかりすると清国と戦争になるからのう」

伊藤は先手を打って牽制《けんせい》するように言った。

「そのことなのですが、いまでは国王と閔氏一族はわが国と清国に対抗するためロシアに接近しております」

「ふむ、ロシアの介入を招くとは愚策《ぐさく》だな」

「さようですが、このことは条約改正に向けて見過ごしにはできません」

陸奥が言うと、伊藤はとぼけた表情になった。

「どういうことだ」

「ロシアが南下して勢力を拡大することをイギリスは喜びません」

「まあ、そうだろうな」

伊藤は顔をしかめて、葉巻を吸った。

「イギリスはわが国がロシアの南下の障壁《しょうへき》となることを望んでおります」

「ロシアの南下を防ぐ代わりに条約改正に応じるというのか。それは無理だろう。第一、清国が朝鮮を握っているのだぞ」

伊藤は頭を振り、大きく煙を吐き出した。とんでもないことを聞いた、という表情だった。

「清国はロシアの南下を阻《はば》むことはできません。いずれ朝鮮をロシアにとられてしまうでしょう。その前にわが国がロシアの南下を防ぐのです。そのことをイギリスに水面下で伝えれば交渉は有利となりましょう」

「だが、わが国が朝鮮に出ていけば、まず清国と戦になるぞ」

伊藤が苦々しげに言うと陸奥は深々と頭を下げた。伊藤は大きく吐息《といき》をついた。

「そうか、条約改正のために清国と戦をしろ、というのか」

「清国だけではありません。今回の条約改正交渉は治外法権の改正だけですが、さらに関税自主権も得なければ不平等条約は無くなりません。そのためには、ロシアとも戦う覚悟が必要だと思います」

――とんでもないことを
と言いかけた伊藤は葉巻の煙にむせて咳き込んだ。陸奥は伊藤の咳が治まるのを待ってから、

「幕末、盛んに攘夷が叫ばれたのは、アメリカの黒船に脅されて無理やり開国させられた屈辱によるものでしょう。維新の後、攘夷として果たさねばならないのは不平等条約の改正です。かつて尊王攘夷の志士だった閣下ならば、戦によって攘夷を果たす覚悟はおありだと存じます」

と言った。伊藤は激しく頭を振った。

「馬鹿な。わしは幕末のころイギリスに留学していたが、長州藩がフランスなど四カ国連合艦隊と戦争になりそうだ、と聞いて馳せ戻り、命がけで戦争に反対した男だぞ。無謀《むぼう》な戦など決してしてはならぬ」

「しかし、必ず勝てる戦だとしたらどうですか」

「そんな戦はない」

「いえ、清国との戦には必ず勝てると言っている男がいるのです」

「何者だ」

伊藤は胡散臭《うさんくさ》げに訊いた。

「ドアの外で待っておりますので、ここに呼んでもよろしいですか」

陸奥は平然として言った。

「そういうことか」

伊藤はさらに苦い顔になったが、会おう、と短く言った。

陸奥はうなずくと椅子から立ち上がり、ドアに近付いて開けると、外に声をかけた。陸奥に呼ばれて軍服姿の男が入ってくると、伊藤に向かって敬礼し、

——川上操六《かわかみそうろく》

と名乗った。陸軍参謀本部次長である。

「なんだ、お主か」

伊藤は仏頂面《ぶっちょうづら》をした。

川上操六は嘉永元年（一八四八）、薩摩藩士の三男として生まれた。戊辰戦争では鳥羽《とば》、伏見《ふしみ》で戦い、東北に転戦した。

明治四年（一八七一）、陸軍中尉《ちゅうい》に任じられて御親兵隊付となり、累進《るいしん》して少佐になったときに西南戦争が起き、熊本城に入って歩兵第十三連隊長心得として西郷軍と戦った。

明治十七年から十八年にかけて西欧列強の兵制を視察し、帰国して陸軍少将、参謀本部次長となった。このとき、三十八歳、髭をたくわえて威厳のある顔の目がよく光っていた。

「清国と戦って負けぬというのは本当か」

伊藤に訊かれて川上は笑みを浮かべた。

「負けぬとは言っておりません。勝つと申しあげております」

「必ず勝つと決まった戦はあるまい」

ひややかに伊藤が言うと、川上は穏やかに答えた。

「孫子《そんし》の兵法に『彼を知りおのれを知れば百戦殆《あや》うからず』とあります。敵を知り、おのれを知っていますから必ず勝つと申しました」

伊藤は気難《きむずか》しげな顔をしながらも、まあ、座れと、と言った。川上は陸奥と並んで座った。

ふたりと向かい合った伊藤は不意に、

(昔、このふたりに似た男に会ったことがある)

という思いを抱いた。

誰なのだろう、と考えるうちに、

高杉晋作

大村益次郎《おおむらますじろう》

という名が浮かんだ。ふたりともかつて幕府が長州征伐を行った際、これを退《しりぞ》けた軍事の天才だった。

このふたりも戦争の天才なのだろうか、と伊藤は畏怖《いふ》の念を感じた。しかし、尊王攘夷の志士といっても、先輩格の高杉にいいように追い使われた伊藤は、いかにも英才でありそうな陸奥と川上の前に座っていて居心地の悪さを感じた。

(どうもわしの一生は天才に引きずりまわされて右往左往《うおうさおう》するだけのようだな)

伊藤は胸の奥でそんなことを考えた。

この日、川上は具体的な戦略は述べなかった。

「戦の手立てはいくら机上《きじょう》で話してもしかたがありません。実際に戦争になればたちまち千変万化《せんぺんばんか》しますから」

そう言った川上は、明治二十年（一八八七）に再びドイツに留学し、同国の参謀総長モルトケと次長ワルデーゼーについて用兵作戦の原理を学び、一年有半ののち帰朝したことを話した。

普仏戦争で勝利してドイツ統一に貢献したモルトケはこのとき、八十六歳だったが、参謀総長として君臨《くんりん》し、かくしゃくとしていた。

「参謀本部の組織は絶対秘密だが、極東《きょくとう》の日本とドイツが戦争することはあるまいから、教えてやろう」

モルトケは笑顔で言うと川上を参謀本部に招き入れ、組織の全貌《ぜんぼう》をあますところなく教えた。

川上はおとなしげに黙ってモルトケの説明を聞いていたが、しだいに青ざめ驚《きょう》嘆《たん》した。

ドイツ軍参謀本部は恐るべき戦争機構だったからだ。
その組織は整理され、細分化されていた。
第一総務課
第二情報課
第三鉄道課
第四兵史課
第五地理統計課
第六測量課
第七図書課
第八図案課
である。それぞれの課が常に情報収集と分析を行っており、いざ戦争になれば鍛《たん》練《れん》された軍隊が参謀本部の作戦に従って動き、敵を打ち負かすのだ。
参謀本部の作戦の中核となるモルトケの戦略はクラウゼヴィッツやナポレオンに学び、戦争指揮をひとりの天才によるのではなく、徹底した組織の戦いにすることだった。
そのために鉄道や電信などの最新技術を開発し、兵站《へいたん》の整備、軍需《ぐんじゅ》物資の輸送なども重視していた。さらに諜報《ちょうほう》活動の徹底によって戦争開始前に敵の軍隊を丸裸《まるはだか》にしてしまうことを目指していた。

モルトケは参謀本部を案内しながら、

「熟慮《じゅくりょ》に始まり、断行に終わるのが戦争だ」

と孫を諭《さと》すように言った。

ドイツ参謀本部での見聞を話した川上は、

「平素の情報獲得こそが命がけの戦いであり、われわれはすでに戦争をしているのです。清国の軍隊はいずれも軍閥の兵であり、近代的な軍隊ではありませんから恐れるに足りません。戦えば必ず勝ちます」

と自信ありげに言ってのけた。

「まあ、そうであればよいがな」

伊藤がひやかに言うと、すかさず陸奥が、

「川上参謀次長は、ビスマルクのもとで普仏戦争を戦ったモルトケから兵法の極意《ごくい》を得ました。ということは、わが国のビスマルクである伊藤閣下がモルトケを得たことになりますぞ」

と言い添えた。

日本のビスマルクと言われたことがよほど嬉しかったのか、伊藤は椅子でふんぞり返り、大きく葉巻の紫煙を吐き出した。

十五

青木周蔵駐英公使は明治二十六年（一八九三）十二月にはイギリスのロンドンに着任、本格的な交渉が始まった。

陸奥は電信によって青木と綿密《めんみつ》に連絡をとり、交渉を指示した。

だが、このころ、国内では排外気運が高まり、外国人への狼藉《ろうぜき》などの排斥《はいせき》事件も頻繁に起きていた。

陸奥はこのような事態を憂慮《ゆうりよ》して国会で外相演説を行った。

議場を見まわした陸奥は静かに語り始めた。

「わが国はこれまで、開国して西洋から学び、発展して参りました。貿易額は五倍に増え、日本中に電線と鉄道がひかれ、海には大きな蒸気船が往き来しておりま す。軍隊も西洋にひけをとりません。憲法と国会をつくり、重要な問題をこのように話し合ってすすめる国は、西洋以外では日本しかありません。この日本に西洋の国々も驚いております。さて、国民の中には、外国人の国内の行動を制限すべきだという意見がありますが、これは間違っております。西洋人も日本の国内で自由に行動できるようにしてこそ、不平等条約の改正が前進するのです」

陸奥は国会で熱弁を振るいつつ、幕末からたどってきたわが国の道がいま大きな峠《とうげ》にさしかかろうとしているのだ、と思った。

「今日の外交のなすべき業務は誰を侮ることもなく、誰をも恐れず、たがいを尊敬し、文明国の一員となることであります」

陸奥は演説の中で、外国人排斥にいたずらに走る風潮を非難し、

「諸君の猛省を求めるものであります」

として演説を終えた。

翌、明治二十七年（一八九四）春、朝鮮南部の全羅道《ぜんらどう》で起きた農民反乱が急速に全土に波及《はきゅう》していった。いわゆる、

——東学党《とうがくとう》の乱

である。朝鮮政府は、五月に入って農民軍が全羅道の首府全州を占拠したのを契

機に清国に援軍を要請した。日本は清国が出兵すれば、日本の公使館、居留民《きょりゅうみん》の保護を名分にして大部隊を出兵させる方針を決定した。

イギリスとの条約改正の正式交渉が始まった四月に入ってからのことだった。イギリス側は条約改正によってイギリス側にどのような得があるのか、と露骨《ろこつ》に問うようになっていた。

そしてまた、イギリスが日本と条約改正を行った場合、ロシアやフランスは素直にこれに倣わず、利権を要求してくるのではないか、と鎌《かま》をかけてきた。すなわち、日本とイギリスが結びついたことでロシアやフランスが圧力をかけてきたとき、日本は耐えられるか、というのだ。

青木は陸奥と電信で相談した後、

「日本はイギリスとの条約改正が成立すればロシア、フランスの恫喝《どうかつ》にも屈せず、戦端《せんたん》を開く覚悟だ」

と答えた。この回答はイギリス側を満足させたらしく対応がやわらかくなった。

六月二日、朝鮮が清国に出兵を要請した旨の報が陸奥に届いた。

日本政府は同日、議会を解散し、同時に朝鮮への出兵を決定した。

清軍が牙山《アサン》方面に上陸したのに対し、日本軍は仁川《インチョン》に上陸した。だが、外国軍隊出兵の事態に対し、農民軍は外国軍による介入を恐れて撤兵した。清軍も日本軍との衝突を避けた。

このため容易に開戦の口実が見つからなかった。

日本政府は戦火を交えるに至ったときには機先を制することができるように備えつつ機会をうかがった。

伊藤は陸奥に憮然として、

「川上は必勝と言うが戦端が開かれんではどうしようもないぞ」

と愚痴《ぐち》った。陸奥は、朝鮮と清国の撤兵要求には決して同意せず、日清両国による朝鮮の内政改革を提案することを進言した。

日本側の要求は清国が拒否《きょひ》するに違いないから日本単独での改革を朝鮮に申し入れて、清国を挑発し、開戦に持ち込もうというのだ。

日本と清国の駆け引きが続く最中、陸奥は青木に打電してイギリスとの交渉を急がせた。清国との戦争になった際、条約締結国としてイギリスを味方につけておきたかった。

七月十三日、青木から十四日に条約の調印を行うという朗報《ろうほう》が打電されてきた。

陸奥は欣喜雀躍《きんきじゃくやく》したが、すぐに調印延期の報せが飛び込んでぬか喜びに終わった。

だが、十七日の明け方、寝室の陸奥のもとに青木からの電信が届いた。

――条約は本日調印を終われり

という一文が陸奥の目に飛び込んできた。

「やったか」

日ごろ、冷静な陸奥がうめくようにつぶやいた。目から涙があふれた。寝室に来た亮子が、電信の内容を察して、

「旦那様、おめでとうございます」

と深々と頭を下げた。

うん、うん、とうなずいた陸奥は電信を持ったまま、亮子に近づくと、しっかりと抱き締めた。

「ようございました」

亮子がかすれた声で言うと陸奥はなおも亮子を抱いた手に力を込めながら、

「よかった。これで亡き坂本さんはじめ、非業《ひごう》に斃《たお》れた同志たちにあの世で顔を合

わせられる」

と震える声で言った。

陸奥はその後、斎戒沐浴《さいかいもくよく》してから馬車で宮城《きゅうじょう》に向かい、天皇の御前《ごぜん》に伺候《しこう》して日英通商航海条約の調印が行われたことを奏上《そうじょう》した。

天皇の御前を下がりながら、陸奥は、

(さあ、後は清国との戦だ)

と気を引き締めた。

川上が伊藤に必ず勝つと断言したからには負けられない戦だった。

改正条約の第一歩の調印に成功した直後の十九日から日本は開戦をめざして作戦行動を開始した。

二十三日、日本軍は朝鮮政府に清軍を駆逐《くちく》することを日本軍に要請する公文書を出させるため、朝鮮の王宮を占領し、大院君《たいいんくん》を執政とする傀儡《かいらい》政権を樹立した。そのうえで清軍を目指して北上した。

同日、日本の連合艦隊も佐世保《させぼ》を出港した。

このころ、清国の軍事を牛耳《ぎゅうじ》っていたのは、李鴻章である。

道光《どうこう》三年（一八二三）、安徽《あんき》省合肥《ごうひ》県に生まれた。二十代で上京して曽国藩《そうこくはん》に学び、同二十七年（一八四七）、進士に及第後、翰林院《かんりんいん》に入った。咸豊《かんぽう》三年（一八五三）、宗教反乱軍の太平天国革命《たいへいてんごく》が安徽に及ぶと、郷里に帰って防衛にあたり、その後、太平天国軍攻撃下の上海救援のため、曽国藩の推挙で江蘇《こうそ》巡撫《じゅんぶ》に任命され、乱の鎮定《ちんてい》に努めた。曽国藩のあとを受けて北洋海軍の指揮権を有する直隷総督《ちょくれいそうとく》となり、以来約二十五年、権勢の座にあった。

李鴻章は怜悧で才覚に富んでいた。

軍隊の近代化を推し進め、イギリスから砲艦四隻を購入して北洋海軍を創設した。北洋海軍は、日本海軍に対抗して増強され、光緒二十年（一八九四）には、戦艦や巡洋艦を何隻もそろえるまでになっていた。

李鴻章は柔軟な外交家で戦争を巧みに避けてきており、日本海軍が装備と規律の面では、清国海軍に勝《まさ》ることも熟知していたので、開戦は極力回避しようとした。

陸奥は東京で、清国軍との開戦のきっかけがつかめないことに焦りを感じていた。

イギリスが条約改正の調印をためらっていたのは、開戦すれば清国が有利ではないかとの見方があったからに違いない。

しかし、開戦が近づくにつれ、イギリスの情報機関が日本が優勢であると判断したため、調印に踏み切ったのだ。それならば、イギリスの見込みが間違っていなかったことを証明して、これから他の国々との交渉を有利にしたかった。

（戦機は熟した。この機会を逃してはならない）

イギリスとの交渉を指示して精神を集中する間、痩せて目が爛々《らんらん》と光るようになっていた陸奥はさらに食事が進まなくなっていた。

亮子はそのことを心配して食事に気を使い、好物をそろえたが、いっこうに陸奥の箸《はし》は進まなかった。

ある夜、食事中も書類に目を通している陸奥に、亮子は、

「龍馬様はかように大変なときいかがなされておりましたか」

と訊いた。

陸奥は驚いたように亮子の顔を見てしばらく考えてから、

「坂本さんは大変なときほど、冗談を言ってまわりの者を笑わせていたな。飯も普段よりよく食べ、酒も飲んでいたな」

と言った。

「旦那様も龍馬様のようになされればよろしいのではありませんか」

亮子はさりげなく言った。

陸奥はひさしぶりに笑った。

「わたしは無理だ。坂本さんとは人間の出来が違う」

亮子は頭を振った。

「いいえ、そんなことはないと思います。旦那様は龍馬様が見込んで後事《こうじ》を託された方ではありませんか。龍馬様がなそうとしたことをなすためなら、きっと龍馬様と同じように振る舞えるはずでございます」

亮子に言われて陸奥は箸を置き、腕を組んだ。そうかもしれない、と思った。いや、そうでありたいと思った。

だが、龍馬は清国を戦争に引きずり込もうとしているいまの陸奥のやり方をどう思うだろうか。浪人の身で紀州藩を翻弄した龍馬ならば、痛快だと思ってくれるか。それとも、

「おまん、ちいとやりすぎちょる」

と叱るだろうか。

どちらともわからない、と思って陸奥はため息をついた。

七月二十五日午前七時――
日本の連合艦隊の第一遊撃隊、
吉野《よしの》
秋津洲《あきつしま》
浪速《なにわ》
の三艦が佐世保港から仁川へ向かう途中、朝鮮豊島《ほうとう》沖で清国海軍の
済遠《さいえん》
広乙《こうおつ》
操江《そうこう》
と遭遇《そうぐう》し、砲撃戦が始まった。
このことはただちに打電され、東京の参謀本部、外務省に伝わった。
陸奥は自邸でこの報せを聞いて、
「そうか。始まったか」
と厳しい表情になった。両軍艦隊が遭遇した海域は朝靄《あさもや》が立ち込めており、戦果は把握しにくかったが、間もなく済遠が被弾《ひだん》して航行不能になり広乙は座礁《ざしょう》して

いた。さらに操江も日本軍に捕獲《ほかく》された。

東京への電信は相次ぎ、日本海軍が緒戦で勝利したことがわかった。だが、陸奥は気をゆるめなかった。

戦闘での勝利は川上の才能を見抜いて初めから確信していた。大事なのは戦闘の後にくる和睦《わぼく》交渉での外交である。

鵺《ぬえ》のように正体のつかめない老大国の外交家を相手にしなければならないのだ。

(勝負はこれからだ)

陸奥は気を引き締めるのだった。

十六

日清《にっしん》戦争の開戦にあたって賛成論を在野《ざいや》で主張したのは、

――福沢諭吉

だった。福沢は明治二十七年(一八九四)七月二十九日の『時事新報』に、「日清の戦争は文野《ぶんや》の戦争なり」という社説を発表した。

文野とは、文明と野蛮という意味である。日清戦争は、文明国の日本が、野蛮な清国を教え導くための「正しい戦争」であるというのだ。福沢は次のように論じた。

——かの政府（清国）の挙動は兎《と》も角《かく》も、幾千の清兵はいずれも無辜《むこ》の人民にして、これを鏖《みなごろし》にするは憐《あわ》れむべきがごとくなれども、世界の文明進歩のためにその妨害物を排除せんとするに、多少の殺風景を演ずるは到底免《まぬか》れざるの数なれば、彼等も不幸にして清国のごとき腐敗政府の下《もと》に生れたるその運命の拙《つた》なきを、自から諦《あきら》むるの外《ほか》なかるべし。

清国との戦争での悲惨な結果はやむを得ないという、思い上がりも甚《はなは》だしい考えだった。さらに福沢は、日清戦争に際しての「日本臣民の覚悟」を『時事新報』で述べている。

一つ、官民ともに政治上の恩讐《おんしゆう》を忘るることなり
二つ、事の終局にいたるまで謹《つつし》んで政府の政略を非難すべからず
三つ、人民相互に報国の義を奨励《しようれい》し、その美挙を称賛し、また銘々に自ら堪忍《かんにん》

するところあるべし

開戦したからには政府の批判は行わず、戦争遂行《すいこう》に協力しようというのだ。福沢は戦争を積極的に支持し、——紙の弾丸《だんがん》を放ったというべきだろう。また、後の日露《にちろ》戦争では戦争に反対するキリスト者の内村鑑三《うちむらかんぞう》も日清戦争では、賛成の立場から、「日清戦争の義」という文章を草した。


——吾人《ごじん》は信ず。日清戦争は吾人にとりては実に義戦なりと。

その義たるの、法律的にのみ義なるにあらずして、倫理的にまたしかり。

かくのごとき戦争は、吾人の知らざる戦争にあらず。

これ吾人固有の教義にのっとるものにして、吾人のしばし戦いしところなり。

キリスト教国すでに義戦を忘却《ぼうきやく》する今日にあたりて、非キリスト教国たる日本のこれに従事するを怪《あや》しむ者あらん。

彼らの温良なる東洋の隣人にあらずして西洋強国の一《ひとつ》なりとせんか、彼らは長時

日を待たずして鉄丸すでに彼らの身に及び、詐欺《さぎ》と虚言《きよげん》の価値をば、はやすでに充分学びおりしならん。（後略）

内村はこの文章を、

――鉄血の道なり。鉄血をもって正義を求むるの道なり

としている。無邪気なほどの戦争礼賛《らいさん》である。内村が非戦論を主張するようになるのは、日清戦争で戦争の悲惨を知ってからだ。

これらの賛成意見に対して勝海舟は、日清戦争について、

――日本の大間違いの戦いである。こういう余計な戦争をして突っ込んでいくと、かえって朝鮮半島が他の国の餌食《えじき》になる

と猛反対した。勝に言わせれば、朝鮮と清国は日本が商売をしていくうえでの大切なお客ではないか、そのお客に戦争を仕掛けてどうするというものだった。

　このころ、陸奥は外務省を訪れた勝と廊下ですれ違った。和服でステッキを突き、白髪《しらが》となった勝はもともと小柄だったが、さらに小さくなったように見えた。それでも眼光は鋭かった。

　勝はすれ違いざまに、

「オイ、陸奥の旦那——」

とからかうような声をかけてきた。陸奥は立ちどまって振り向き、

「勝先生、何でしょうか」

と訊いた。

　勝はにやにやと笑った。

「なにね、おいらは外交の要諦《ようてい》は戦によらずして国家の利益を守ることにあると思っている。そこらのことは、戦好きと言われた西郷南洲《なんしゅう》もよく心得ていたよ。だから江戸を火の海にする意気込みで乗り込みながら、おいらが腹を割って話せば江戸城の無血開城ができたっていう寸法《すんぽう》さ。ところが、お前さんは国の外交を預かりながら、端《はな》から清国と戦を構えるつもりだったようだ。どんな算盤《そろばん》なのかと思ってね」

　陸奥は勝の鋭い視線を受けながらもたじろがず、

「日清の戦の眼目《がんもく》は不平等条約の改正にあります」

「ほう、武力を示して外国に認められようってことかい」

さようです、とうなずいた陸奥は、廊下に人がいないことを確かめてから、

「不平等条約の改正はまずイギリスと行わねばうまくいきません。そしてイギリスはおのれの利がなければ動きません。わが国がイギリスに与えることができる利は、イギリスが最も警戒しているロシアの南下を防ぐ盾《たて》となることです。そのための朝鮮への進出です」

と声を低めて言った。

勝は眉をひそめた。

「なるほど、さすがに剃刀陸奥だ。切れるねえ。しかし、それは権謀《けんぼう》に過ぎやしないかね。戦争では、朝鮮の無辜の民《たみ》まで巻き込まれて死ぬことになるぜ。お前さん、そんな民にも、日本の不平等条約改正のためだ、我慢しろって言うのかい」

じろりと勝は陸奥を睨んだ。陸奥は厳しい表情になって、

「勝先生、西洋ではそのようにして国を大きくしてきたことはよくご存じでございましょう」

「そのことだよ。まわりが山賊や海賊だらけだから、自分も盗人《ぬすっと》の仲間入りをしよ

うっていうんじゃ、あんまり情けないじゃねえか。おいらはたとえ貧乏でもまっとうな世渡りをしたいと思っているぜ」

陸奥はため息をついた。

「いまの世界でまともな世渡りをするためには力がいるのです」

「まっとうに生きるために盗人になるかい。妙な理屈だが、まあいいや。とまれ、戦についちゃ、お上《かみ》（天皇）も随分とご心配なさってる。始まった戦をうまく収めるのが外交の腕ってもんだ。ぬかりなくやるこったね」

勝は言い捨てると、さっと背を向けて歩き出した。数歩進んで、振り返らずに勝は、

「お前さんはひとつの道しかないと思い込み過ぎるようだ。龍馬なら目指すいただきはひとつでも登る道はいくつもあるぜよ、と言うだろうぜ」

とつぶやいた。

陸奥は一瞬、龍馬の声を聞いたような気がした。

この日、陸奥が邸《やしき》に戻ると、亮子がアメリカから持ち帰ったティーカップで紅茶を淹《い》れてきた。陸奥は書斎の机で紅茶を飲みながら、

「今日は勝先生に叱られたよ」

と言って苦笑した。

「まあ、どのようなことでございましょうか」

亮子は陸奥と向かい合う椅子に座って微笑した。

「戦のことをお上が案じておられる。わたしはひとつの道しかないと思い込み過ぎる。坂本さんならほかにいくつもの道を考えついただろう、と言われたよ」

さりげなく陸奥が言うと亮子は眉をひそめた。

「天子《てんし》様がご心配なさっていらっしゃるのですか」

「申しわけないことだが、その通りだ」

陸奥は紅茶を見つめた。

明治天皇は開戦の詔勅《しょうちょく》を出すのにためらいを見せた。側近に、

――朕《ちん》の戦争にあらず、大臣の戦争である
ともらしたほどだった。

明治天皇は東洋の平和を何よりも望んでおり、隣国との戦争は避けたいと思って

いたのだ。それだけに、思わず、

——大臣の戦争

という言葉が出たのだろう。

この大臣とは、伊藤博文であろうし、さらには陸奥を指すものだった。明治天皇は西南戦争に際して政府転覆の企《くわだ》てに連座し、投獄された陸奥が重臣の列にあることを好んでいなかった節《ふし》がある。陸奥が謀反を企《たくら》んだからではない。

たとえ賊将となっても西郷隆盛に対する明治天皇の好意は終生変わらなかった。陸奥に対する不信はいったん、謀反の側に身を置きながら、その後、政府の要職についた変節に向けられたものだった。

明治天皇から向けられるひややかな視線は、陸奥にとって辛《つら》いものだったが、いまでは平然と耐えることができるようになっていた。

(国家というものは、誰かが悪人となって支えねばならないものだ)

陸奥を叱った勝にしても幕末動乱に際して、主君の徳川慶喜からは嫌われつつも江戸城無血開城と幕府の後始末をやりとげたではないか。

その間、旧幕臣の中には勝を憎んで殺そうとする者もいた。さらには、維新後、新政府の海軍卿になった勝を、主家を見捨てて栄転の道を選んだ変節漢であるとして誹《そし》る者は多かった。

（わたしも勝先生も信じる道を歩んでいるのは同じなのだが）

そう思うだけに勝の批判は耳に痛かった。

陸奥が浮かぬ顔をしていると亮子は、

「それにしても御一新このかた、世の中の移り変わりは夢のようでございます」

とつぶやいた。

「まことにそうだな。若いころ、尊王攘夷の志を立て、諸国を流浪《るろう》し、ようやく坂本さんのもとに身を寄せて生きのびることができた。さもなくば、御一新を迎える前にどこかで斃死《へいし》していただろう」

「それに比べれば、いまのお悩みも――」

亮子はにこりとした。

「小さいと申すか」

かわいらしく、こくりとうなずく亮子を見て陸奥はあらためて自らの気持を思い直してみた。

すべてを自分で背負い過ぎるのかもしれない。さらには清国との戦を自分が仕掛けたと考えるのも傲慢な思い上がりではないか。

長州藩の農民あがりの伊藤には、どこか、誰からもよく思われたいというところがある。そんな伊藤を支えているという自負が言葉の端々《はしばし》に出て、すべては自分が動かしているかのような物言いをしてしまう。

しかし、ロシアが不凍港《ふとうこう》の獲得を目指して南下しようとする限り、日本は屈従か抗戦かを選ばねばならない。

そのことは幕末以来、変わっていないのだ。だとすると、いずれにしてもイギリスとは手を組まねばならない。

（遅かれ早かれ朝鮮には出るしかないのだ）

陸奥はあらためて自分は間違っていない、と思うのだった。

十七

七月二十九日――

豊島沖での海戦に続いて陸上でも、牙山《アサン》の北東、成歓《ソンファン》で清国軍と戦いの火ぶたが切られた。

日本軍は、李鴻章の私兵とも言うべき清国の北洋陸海軍を相次《あいつ》いで破った。

八月一日、正式に宣戦布告した日本は、第一軍の司令官に、
　山縣有朋
　第二軍の司令官には、
　大山巌
　という最上級の布陣で臨んだ。まさに国運を懸《か》けた戦いだった。
　九月十五日の平壌《ピョンヤン》の戦いに続いて、十七日には黄海《こうかい》で海戦が行われた。
　薩摩出身の伊東祐亨中将が率いる「松島」以下十二隻の連合艦隊は、黄海の大東《だいとう》溝《こう》沖で、丁汝昌《ていじょしょう》提督率いる清国北洋艦隊十八隻を発見し、正午過ぎから交戦した。
　日本軍の連合艦隊は単縦陣（一列縦隊）、清国北洋艦隊は単横陣（横一列）で激突、たがいに砲撃し、
　どーん
　どーん
　という砲声とともに海面に水柱が上がり、砲弾が命中した戦艦から黒煙と火柱が上がった。日本軍は、速射砲を搭載《とうさい》した快速の新鋭艦隊でこのころ世界最大とされた巨艦、
　定遠《ていえん》

鎮遠《ちんえん》を擁《よう》する清国艦隊と戦った。「定遠」はドイツ製の最新鋭艦で約七千四百トン、三十センチ主砲を四門搭載している。

これに対して日本軍の旗艦である「松島」はフランス製で約四千三百トン、「定遠」よりはるかに小さく、主砲は三十二センチ砲だが、一門だけだった。

国際的な観測では海軍力は清国が勝ると見られていた。

しかし日本軍は操艦が巧みで砲撃の命中精度も高く、たちまち五艦を撃沈《げきちん》するという戦果をあげた。しかも日本軍は一艦も失わなかった。

日本軍がかねてから猛訓練を行っていたのに比べ、清国軍は軍艦こそ最新式だったものの兵の訓練は行き届いていなかったのだ。

黄海海戦で清国北洋艦隊は兵力の大部分を失い、黄海の制海権は日本に帰した。

陸奥は東京の外務省で電文により黄海海戦の勝利を知った。

連合艦隊司令長官の伊東祐亨は、かつて勝の神戸海軍操練所で航海術を学んだ。いわば、勝と龍馬が手塩にかけた海軍の草創期を経験してきた軍人だった。

(坂本さんは、戦争には異論があるかもしれんが、伊東さんの活躍は喜んでおられよう)

そう思うと、陸奥は気持が明るくなる気がした。

黄海の海戦で勝つと、勢いづいた日本軍は十月下旬、第一軍が鴨緑江《おうりよくこう》を渡り、第二軍も遼東《りようとう》半島に上陸、十一月中に旅順《りよじゆん》、大連《だいれん》を占領した。このとき、陸奥を愕然《がくぜん》とさせる事件が起きた。いわゆる、

――旅順虐殺《ぎやくさつ》

である。

十一月二十一日、旅順口を攻略した日本軍は、引き続いて行った市内の残敵掃討《そうとう》の際、市民を虐殺したと言われている。この事件は外国人記者によって世界に報道された。

陸奥も外務省を訪ねてきた知り合いのアメリカ人記者から事件について知らされた。

「ムツ、旅順で起きたことを知っているか」

唐突《とうとつ》に訊かれて、陸奥は顔をしかめた。

「何のことだ」

アメリカ人記者は肩をすくめて見せた。

「やはり、知らないのか。ひどい事件だよ。旅順に入城した日本兵が住民を虐殺したということだ。女は強姦《ごうかん》し、子供まで面白半分に殺したということだ。日本は清国との戦争を優勢に進めているようだが、この事件が国際社会に伝われば、日本の評判は最悪になる。ムツにとって念願の不平等条約の改正なんて話は消し飛んでしまうだろう」

「まさか、そのような」

陸奥は信じられない思いだった。

アメリカ人記者は、旅順虐殺について知っていることを陸奥に話した。

日本軍は清国軍の残虐行為への報復として旅順陥落《かんらく》後に市内の路上、屋内で多数の中国人を殺害した。戦闘行為によるものではなく、軍服を脱《ぬ》いで逃亡した兵士、さらには女性、子供を含む民間人までが殺害されたという。

このことは、十一月二十六日付のイギリス紙、『ロンドン・タイムズ』によって報道された。その後、アメリカの『ニューヨーク・ワールド』新聞は日本軍が非戦闘員六万を殺したと報じた。さらに『ニューヨーク・ヘラルド』新聞などでも伝えられたという。

陸奥は、アメリカ人記者から話を聞いた後、翌日には『タイムズ』の特派員から虐殺事件のことを聞いた。

記者は、虐殺があったのは事実だと告げたうえで、

「日本軍は老若男女《ろうにゃくなんにょ》を問わずに誰であろうと射殺し、掠奪《りゃくだつ》と殺戮《さつりく》は三日間におよんだ」

と酸鼻《さんび》を極めた状況を顔をしかめて語った。

（そんなことが本当にあったのか）

陸奥は信じられない思いだった。しかし、戊辰の戦や西南戦争でも残虐な行為が行われたことは耳にしていた。

戦争は時にひとを狂気に駆り立て獣の振る舞いをさせるのかもしれない。

陸奥は戦争そのものへの恐れを抱《いだ》きつつ、事態の収拾に努めるしかなかった。

陸奥は直《ただ》ちに事実を調査するとともに、外国人特派員に記事を大きくしないように説得し、一方で政府見解をまとめ、鎮静《ちんせい》化をはかった。その内容は、
一、清国兵が軍服を脱ぎ捨て逃亡しており、旅順で殺害された平服を着た者は、大部分が姿を変えた兵士だった
一、住民は交戦前に立ち去っていた
一、旅順陥落時に捕らえられた三百数十人の清国人捕虜《ほりょ》は厚遇《こうぐう》されており、間も

なく東京へ連行される

などだった。

政府見解をまとめた日、陸奥は夜遅く馬車で邸に戻った。

出迎えた亮子は陸奥の顔色のわるさに驚いた。

「どうなさいました。お疲れの様子でございます」

案じる亮子にうなずいただけで陸奥は書斎に入ると上着を脱ぎ、グラスをとって

テーブルのウイスキーを注《つ》いだ。

立ったまま、ぐいとあおるように飲んでから、ため息をついて椅子に座った。

亮子は陸奥の上着を手にしながら、恐れるように訊いた。

「何か嫌なことがございましたか」

「戦争をしているのだから、かようなことも覚悟しておかねばならないとわかって

いた。しかし、実際に起きてみると嫌なものだ」

哀《かな》しげに陸奥はつぶやいた。

「何があったのでございましょう」

「詳しいことはわからないが、旅順で日本の兵士が無辜の民を殺したようだ」

亮子は息を呑んで黙った。しばらくして、

「わたしども皆の罪でございますね」

とつぶやいた。

窓から差し込む青い月光が亮子の横顔を照らしている。

陸奥は首をかしげた。

「外務大臣として戦争を進めてきたわたしには罪があるだろうが、亮子が罪を負《お》う謂《いわ》れはないだろう」

亮子は涙に滲《にじ》んだ目を陸奥に向けた。

「御一新前でしたら、さようかと存じます。お上のなさることにわたくしたち下々《しもじも》の者が責めを負うことはございませんでした。けれど明治の御代《みよ》では違うのではありませんか。だからこそ、皆、海を越えて戦をしに参っているのだ、と存じます」

それが、国民国家というものなのだ、と言いかけて陸奥は口をつぐんだ。

海を越えて戦をしに行き、あげくのはてに無辜の民を残虐に殺したとすれば、これほどの不幸はない。

国家というものは、国民を不幸にするものであってはならない。最大多数の最大幸福を目指すのだ。

それが国家だ。

かつてヨーロッパに留学した際、陸奥はそう学んだ。

（犠牲が出たからといって、ここで、進む道は変えられぬ）

陸奥は自分に言い聞かせた。

しかし、この日から陸奥は夜ごと、死体が路上に散乱し、いままさに殺されようとする者の悲鳴が響き渡る、夜の旅順の街角《まちかど》を夢に見るようになった。

「助けて――」

女性や子供の助けを求める声が聞える。助けようともがくが、体が動かない。

夜中に寝汗《ねあせ》をびっしょりとかいて目を覚ます日々が続いた。

数日で陸奥は頬がこけて痩せた。

陸奥は、のちに『蹇蹇録《けんけんろく》』の中で旅順虐殺にふれて、

――その後いくほどもなく、不幸にも彼の旅順口虐殺事件という一報が世界の新聞紙上に上るに至れり。

この虐殺事件の虚実、また仮令《たとい》事実ありとするもその程度如何《いかん》はここに追究するの必要なし。しかれども特に米国の新聞紙中には、痛（甚《いた》）く日本軍隊の暴行を非

難し、日本国は文明の皮膚を被《かぶ》り野蛮の筋骨《きんこつ》を有する怪獣《かいじゅう》なりといい、また日本は今や文明の仮面を脱し野蛮の本体を露《あらわ》したりといい、暗に今回締結したる日米条約において全然治外法権を抛棄《ほうき》するを以《もっ》てすこぶる危険なりとの意を諷《ふう》するに至れり。

と諸外国が苦々しく非難していることを書いている。また、イギリスの親日的な国際公法学者のホランド博士も日本軍を強く非難したことを、同書で文章を引用して紹介している。

ホランド博士は憤激《ふんげき》が治まらぬまま、

――当時日本の将卒の行為は実に常度の外に逸出《いっしゅつ》せり。而《しこう》して彼らは仮令旅順口の塁外《るいがい》において同胞人の割断せられたる死屍《しし》を発見し、清国軍兵が先《ま》ずかくの如き残忍の行為ありしというも、なお彼らの暴行に対する弁解となすに足らず、彼らは戦勝の初日を除きその翌日より四日間は、残虐にも非戦者、婦女、幼童を殺害せり。現に従軍の欧羅巴《ヨーロッパ》軍人並びに特別通信員はこの残虐の状況を目撃したれども、これを制止するに由《よし》なく空《むな》しく傍観して嘔吐《おうと》に堪《た》えざりし由なり。

と述べている。

旅順虐殺をめぐる陸奥の記述は政府当局者としてできるだけ、鎮静の方向に向かわせたいという願いが籠められながらも、公平を期そうとしている。それでも、文章の端々に苦渋《くじゅう》が滲み、陸奥が受けた衝撃の大きさを物語っている。

この事件が起きたころ日本はアメリカと条約改正の交渉中だった。アメリカの国務長官は日本の栗野慎一郎《くりのしんいちろう》公使に、

「旅順での虐殺が真実なら条約改正の上院での批准《ひじゅん》は難しくなるだろう」

と通告した。栗野公使からこの報告を受けた陸奥は、すぐさま次のように打電して交渉継続をうながした。

――旅順口の一件は風説ほどに夸大《こだい》ならずといえども、多少無益の殺戮ありしならん。しかれども帝国の兵士が他の所においての挙動は到る処常に称誉《しょうよ》を博したり。今回の事は何か憤激を起すべき原因ありしことならんと信ず。

日本軍の行動は常に称賛を浴びてきた。今回のことはよほど憤激することがあっ

たからだろう。
――信ず
という文言《もんごん》に陸奥の悲痛が表れている。

十八

旅順攻略が終わると大山巌ら第二軍司令部は、冬季作戦に従って冬営の準備を始めた。その一方で大山は、伊東祐亨連合艦隊司令長官と会談、両者の連名で大本営に威海衛《いかいえい》攻略戦を提言した。
――大陸に向かい冬季の作戦は危険なり、もし続いて作戦をなさば宜《よろ》しく威海衛を突くべし
というものだった。厳しい冬に備えるには海を越えての補給線を確保せねばならなかった。そのためには黄海海戦で撃ち漏《も》らした清国北洋艦隊が籠もる威海衛を攻略、北洋艦隊を殲滅《せんめつ》して制海権を奪わねばならないというものだった。

これを受けて大本営は十二月九日、冬の間に威海衛攻略戦を実施することと決定した。

翌明治二十八年（一八九五）一月、陸軍が山東《さんとう》半島に上陸した。

二十日早朝——

山東半島の栄城《えいじょう》湾付近に到着した水雷艇《すいらいてい》隊が岸に近づいて砲撃を開始した。清国軍は大混乱を来《きた》して退去。そこで陸戦隊上陸、迎撃する清国軍数百を艦砲《かんぽう》射撃で叩き、落鳳崗《らくほうこう》を占領した。

二十五日——

大山司令官が、栄城県に到着した。翌日から行軍を開始、前進をつづけた日本軍は、二十八日には威海衛軍港南岸諸砲台から東南八キロの鮑家《ほうか》村付近に進出し、南岸要塞《ようさい》群の西側、鳳林集《ほうりんしゅう》の東南高地を攻略した。

清国軍は、威海衛市街とその周辺、北岸要塞群などを放棄して撤退した。その後、日本軍は北岸要塞群を無抵抗で占領した。

威海衛湾の山東半島側が日本軍に占領された結果、湾内にいた北洋艦隊の残存艦艇十四隻は孤立した。それでも湾内の北洋艦隊の主力艦は健在であり、日本軍を「定遠」の三十センチ砲で砲撃した。北洋艦隊の艦砲射撃は圧倒的であり、陸からの攻撃は難しいため連合艦隊に応援を要請した。

そこで連合艦隊では水雷艇を侵入させて襲撃する作戦を決行することでこれに応じた。

二月五日午前三時、闇にまぎれ、威海衛湾内へ侵入した水雷艇部隊は魚雷《ぎょらい》攻撃を開始、暴れまわり、北洋艦隊の旗艦「定遠」を大破させ、「来遠」「威遠《いえん》」等三隻を沈めた。

北洋艦隊の丁提督は二月に入って李鴻章に宛《あ》てて、

――艦沈ミ人尽キテ後《の》チ已《や》マント決心セシモ、衆心潰乱《かいらん》今ヤ奈何《いかん》トモスル能《あた》ワズ
と決別の電文を打った後に服毒自決した。翌日には「定遠」艦長と、威海衛湾口の要衝《ようしょう》・劉公島《りゅうこうとう》の地上部隊指揮官も自決した。

抗戦派幹部の自決後、包囲されていた清国軍は、伊東祐亨連合艦隊司令長官に丁汝昌名義の請降書《せいこうしょ》を提出した。

清国軍の降伏と陸海軍将兵の解放について両軍が合意し、十五日に調印が行われ

た。これによって清国の敗北は決定的になった。

ところで丁提督は通信員の生命保障を条件に降伏文書を届けさせた。この際、伊東司令長官は敵将ながら開明的であった丁提督に敬意を籠めて葡萄酒《ぶどうしゅ》と慰労《いろう》の品を届けさせた。これに対して丁提督は深謝しつつも、

——両国有事の際、私受しがたし

として葡萄酒など慰労の品をことごとく返した。

また服毒自殺した丁提督の亡骸は清国側のみすぼらしい小船で運ばれようとした。

これを見た伊東は、

「あれほどの将にもってのほかのことだ」

として清国軍から捕獲していた「康済号《こうさい》」を差し戻して運ばせた。さらに丁提督の棺《ひつぎ》を載せた「康済号」が進むとき、日本海軍の旗艦「松島」が弔砲《ちょうほう》を撃ち、各艦の乗組員が登舷《とうげん》礼式で見送った。

このことを伝え聞いた陸奥は、

(伊東さんはよいことをしてくれた)

とほっとする思いだった。

旅順虐殺の悪評はすでに世界を駆け巡《めぐ》っている。そんな折だけに、伊東の敵将に対する武士の情けは、

――日本人の美徳
として伝わるだろう。

伊東自身に装う気持が無いだけに、素直に好印象を抱かれるのではないだろうか。

それにしても、戦争とは人の影と光の部分を浮かび上がらせるものだ、と陸奥は思った。

(だとしたら、わたしは影なのか光なのか)

いつかその答えを知ることになるのだろうか。

この戦争では平壌、黄海の戦の直後からイギリスが講和斡旋に動いていた。

清国も明治二十八年(一八九五)一月には、講和使節を日本に送っていた。しか

し、このころ、日本はまだ遼東半島や威海衛の制圧に成功していなかった。

　このため、陸奥は、講和条約案を準備しつつも、伊藤博文に、

「いま和睦してもわが国が得られるものは少なく、戦争の勘定《かんじょう》が合いません」

　と進言していた。

「勘定が合わぬとはうまいことを言うな。ではどのあたりで勘定が合うのだ。賠《ばい》償《しょうきん》金か利権か領土か」

　伊藤はにやりと笑って訊いた。陸奥は即座に、

「不平等条約の改正です」

　と答えた。

「そうか――」

　伊藤はしばらく考えてから、真顔《まがお》になって、

「わしはそれでよいが、戦争を戦った国民は条約改正だけで満足するだろうか」

「と言われますと」

　陸奥は伊藤の言葉に不吉なものを感じた。

「国民は兵士となって戦った。当然、多くの戦死者が生まれた。死んだ者の家族にとってはこれ以上の不幸はあるまい。どれほど大きな報《むく》いでも少ないと思うに違い

ない。まして不平等条約の改正に役立ったと言われて喜ぶ者はひとりもおるまい」

「それはそうかもしれませんが」

そのことを国民に納得させていくのが政治家の務めではないか、と陸奥は思った。しかし、伊藤はそんな務めがあるなどとは毛筋《けすじ》ほども思わないらしく、

「わしらはこれから国民の大きな欲望を抱えて奔《はし》ることになるぞ」

と嘯《うそぶ》いた。

陸奥は伊藤の言葉を聞いて眉をひそめた。あるいは、この国の政治家は常に何かに迎合《げいごう》しようとするのかもしれない。

もし、そうだとすると、羅針盤《らしんばん》を持たない船のようなもので、どこに行くかは、そのときの風向きと船員や乗客の気分しだいということになる。

(そうならないためにわたしがいるのだ)

自分は暁《あかつき》に輝く明けの明星《みようじよう》として、国家の行く末を照らさねばならない。

陸奥はそう思った。

このとき日本は、和親条約締結の具体的な交渉は、全権委任状の不備を理由に拒否した。

しかし、清国では威海衛を失い北洋艦隊が全滅すると講和を望む声が高まった。
アメリカが仲介して、李鴻章を全権に任命する。
明治二十八年三月下旬から、下関で講和会議が始まった。
陸奥は講和交渉に臨んだ。新たな闘いの始まりだった。

〈未完〉

特別収録

乙女がゆく

一

寺田屋《てらだや》の土間にその武士が足を踏《ふ》み入れた時、お登勢《とせ》は胸がどきりとした。

笠《かさ》をかぶり、羊羹《ようかん》色に変色した袴《はかま》をつけ、旅塵《りよじん》にまみれた姿はいかにも攘夷《じょうい》浪人らしかった。六尺《しゃく》近い長身だが、なで肩で足の運びは軽い。なによりお登勢の目を引いたのは武士の紋《もん》が〈桔梗紋《ききょう》〉だったことだ。

（竜馬《りょうま》はんと同じや）

寺田屋に投宿している土佐《とさ》脱藩《だっぱん》浪士の坂本《さかもと》竜馬も桔梗紋なのだ。それだけでなく、身長や体付きも竜馬とどことなく似ている。竜馬が二階で臥《ふ》せっていることを知っていなかったら、どこかへ出かけていた竜馬がふらりと戻ってきた、と思ったかもしれない。

武士は帳場に近づき、笠をとった。

その顔を見て、お登勢は声をあげそうになった。

もじゃもじゃの縮《ちぢ》れ毛を無理やり後頭部で引き結んで髷《まげ》にした総髪《そうはつ》で、色は浅黒く頬《ほお》が突き出てあごがしまっている。近目なのか、うかがうように目を細めた。

竜馬にそっくりな顔立ちだ。

他の者なら竜馬本人だと間違うかもしれない。だが、お登勢は旅館の女将《おかみ》として客商売をしてきただけに、ひとを識別する目は鋭《するど》い。他所《よそ》でこの武士と会ったとしても、竜馬とは別人だということはわかるだろう。

(竜馬はんにこれほど似てはるなんて、いったい誰なんやろう)

呆然《ぼうぜん》として武士の顔を見つめた。武士は白い歯を見せてにこりと笑った。

「こちらに坂本竜馬ちう者が泊まっちょりますろうか」

(声までよう似てはる)

お登勢の勘は、この武士が竜馬の身内に違いないと告げていた。新撰組《しんせんぐみ》や見廻組《みまわりぐみ》を警戒して、竜馬が止宿《ししゅく》していることは隠しているのだが、

「へえ、おいやすえ」

とあっさり告げた。すると武士は手を膝《ひざ》にあてて頭を下げた。

「弟が世話をかけ、まっこと申し訳ないきに」

「弟？　竜馬はんの兄上様どすか」

お登勢がほっとして訊《たず》ねると、武士は首を横に振って恥ずかしげに微笑《ほほえ》んだ。

「いいえ、姉ですきに」

「姉上様――」

お登勢は絶句した。

竜馬に乙女《おとめ》という姉がいることはお登勢も知っていた。身長が五尺八寸（約百七十五センチ）、体重三十貫《かん》（約百十二キロ）あるという。そのため、あだ名が、

――お仁王《におう》

だと聞いてはいたが、男だとしても、偉丈夫《いじょうふ》なのだから、女丈夫というより、お仁王と呼ぶ方が似合っているかもしれない。

薙刀《なぎなた》が得手《えて》で剣術は切紙《きりがみ》の腕前、馬術、弓術、水練《きゆうじゆつ》もできるうえに経書《けいしょ》、和歌、絵画も学び、音曲《おんぎょく》も琴《こと》、三味線《しゃみせん》、舞踊、謡曲《ようきょく》、浄瑠璃《じょうるり》、琵琶《びわ》歌、一弦琴《いちげんきん》から義太夫《ぎだゆう》までこなすらしい。苦手なのは料理、裁縫《さいほう》だけというお仁王様だそうな。

竜馬は幼いころに母を亡くしており、それ以後、三歳上の乙女が母親代りになった。確か、藩医岡上樹庵《おかのうえじゅあん》に嫁《か》しているはずだが、そんな乙女がなぜ突然、上方《かみがた》に上ってきたのだろうか。

お登勢は首をかしげながらも、乙女を二階に案内した。部屋で竜馬は布団《ふとん》をかぶって寝ていた。普通の大きさの布団が小さく見えて、端《はし》から毛脛《けずね》が出ている。色白で細面《ほそおもて》の美しい女が、布団の傍《かたわ》らに座って竜馬の足を揉《も》んでいた。お登勢があわ

てて言った。

「こんおひとはお龍《りよう》はんどす」

お龍は竜馬の世話で寺田屋の養女となっていた。

京の医師楢崎将作《ならざきしようさく》の娘だったお龍は、将作が〈安政《あんせい》の大獄〉で投獄されて病死した後、困窮《こんきゆう》した。そして、妹が大坂の遊女屋に売られそうになった時、お龍は刃物を持って乗り込み、女衒《ぜげん》の胸倉《むなぐら》をつかみ、顔をしたたかになぐりつけた。女衒が、殺すぞと罵《ののし》ると、殺し殺されにはるばる大坂に下ったのだ、それは面白い、殺せ殺せ、とわめき立てた。

さすがに女衒が閉口《へいこう》して、妹を取り戻すことができたという逸話《いつわ》があった。そのころめぐり合った竜馬はお龍を気に入って、寺田屋に紹介したのである。

「竜馬、おんしゃ、日が高《たこ》うなっちゅうに、まだ寝ちゅうとは何事じゃ」

部屋に入った乙女は、いきなり大声を出した。すると、布団からむくりと竜馬が顔を出した。お龍は、あまりにそっくりなふたりを見比べて目を丸くした。

「姉やんこそ何しゅうがじゃ。そげな恰好《かつこう》で」

竜馬はあくびをしながら、のんびり起き上がった。乙女は竜馬の傍《そば》にどしりと座った。お龍があわてて頭を下げたが、無愛想《ぶあいそう》にうなずいただけだ。竜馬に顔を向けて続け様に言った。

「旅をするにはこれが一番じゃち、平井《ひらい》のかほさんへ手紙に書いたのはおまんじゃろうが」

「それを知っちゅうがか」


竜馬はにやにや笑った。五年前、竜馬は同志の平井収二郎《しゅうじろう》の妹、かほに宛てて手紙を出した。文久元年《ぶんきゅう》（一八六一）九月十三日付で、

先《ま》づゝゝ御無事とぞんじ上候《あげそうろう》。天下の時勢切迫致し候に付、
一、高マチ袴《ばかま》
一、ブッサキ羽織《ばおり》
一、宗十郎頭巾《そうじゅうろうずきん》
外《ほか》に細き大小一腰各々一ツ、御用意あり度《たく》存上候。
九月十三日
坂本龍馬
平井かほどの

と書いている。天下の情勢が緊迫《きんぱく》しているから、羽織袴に頭巾、大小の刀を用意してくれという内容だ。

かほは乙女と一弦琴の稽古《けいこ》仲間で、竜馬とも幼馴染《おさななじみ》だった。土佐藩主山内容堂《やまうちようどう》の妹友姫《ともひめ》が公家《くげ》の三条《さんじょう》家に嫁《とつ》ぐ際に奥女中として付き添い、兄をはじめ土佐勤皇《きんのう》党《とう》の活動を助けていた。竜馬の手紙は、勤皇運動に関わるかほに、身の安全のため男装するよう勧《すす》めたものだった。

三年前、平井収二郎は藩政改革の令旨《りょうじ》を青蓮院宮《しょうれんいんのみや》から得ようとしたことを咎《とが》められ、切腹《せっぷく》しており、かほも土佐に戻っている。乙女はかほを訪ねて、竜馬からの手紙を見せられたようだ。

「そりゃ違うぜよ、姉やん。京が物騒《ぶっそう》やったき、かほさんは男の恰好をしたがええと言うてやったんじゃ。姉やんが男の恰好をせんでもよかろうが」

竜馬はげんなりした顔になった。恋仲だったかほの身辺を案じて男装を勧めたのだ。乙女がそんな姿をするとは思いもしなかった。

「わたしやち、天下のお役に立ちたいち思うたけん、こうして出てきたんじゃ。いっつもおまんから天下のことを手紙で知らされるたんびに、わたしも出ていきたいち思うちょった」

乙女は胸をはった。竜馬はあきれ顔で笑いだした。

「そげんこつ本気で思うちょったんか」

「本気やとも、寝小便《よばっ》たれのおまんにできるこつなら、わたしにもできるやろ」

幼いころの寝小便癖《ねしょんべん》を、お登勢やお龍の前で口にされて竜馬は閉口した。しばらく、考え込んでから、

「わかった。そげなら、わしの使いをしてくいや」

と言った。目がずる賢《がしこ》そうに光っている。

「おまんの使い？」

「薩摩《さつま》藩邸に行って、ある男に会って欲しいがじゃ」

胡散《うさん》臭そうな顔をして乙女は竜馬を見返した。

「誰ぞね」

「長州《ちょうしゅう》の桂小五郎《かつらこごろう》じゃ」

さすがに、乙女はあっと声をあげた。長州藩尊王《そんのう》攘夷派の大立者《おおだてもの》桂小五郎がこの時期、京にいるとは信じ難《がた》い話だった。

二

長州藩は、薩摩と会津《あいづ》が仕組んだ文久政変によって京都政界から失脚《しっきゃく》し、さら

に禁門《きんもん》の変を起こして朝敵《ちょうてき》の汚名を被《こうむ》った。
幕府は長州征討《せいとう》の軍を発しようとしており、長州藩はまさに窮地に陥《おちい》っていると
ころだった。その長州藩の大物が、危険極まりない京に出てきているとは信じ難い
ことだった。
「なんで、桂さんは京に出てきておられるんじゃ」
乙女は訝《いぶか》しげに訊《き》いた。
「薩摩と手を結ぶためぜよ」
竜馬は平然と答える。乙女は疑い深い目を竜馬に向けた。
「そいは、おまんが仕組んだこつか」
竜馬は首を横に振った。
「いや、わしは手伝《てつど》うてきただけじゃ。話の口火を切ったのは筑前《ちくぜん》の月形洗蔵《つきがたせんぞう》、そ
れから土佐の中岡慎太郎《なかおかしんたろう》ぞね」
このあたり、竜馬は正直だった。
薩摩と長州が手を結ぶ話は、幕府の長州征討に抗するために持ち上がっていた。
長州藩尊攘派とかねてから交流がある筑前勤皇党の月形洗蔵たちは、薩長和解を模
索していた。

和解へ向けての課題は文久政変の際、三条実美《さねとみ》ら長州に落ち延びた五卿《きょう》を他藩に移す〈五卿動座〉だった。

薩摩の西郷吉之助《さいごうきちのすけ》は、長州処分を穏便《おんびん》にすませ、征討軍は解散させたいと考えていた。そのためには長州尊攘派が抱《かか》える五卿を移さなければならなかったのだ。月形洗蔵らは、この問題を周旋《しゅうせん》し、西郷も下関《しものせき》まで乗り込んで長州諸隊と話し合った。

洗蔵らの説得によって、筑前福岡《ふくおか》藩が五卿を太宰府《だざいふ》で預かることになり、西郷は征討軍から手を引く名分を得た。

長州にいた中岡慎太郎は、これを機に薩長和解を推《お》し進めるべく下関で西郷と桂を引き合わせようとした。この時は時期尚早《しょうそう》として、西郷はこの話に乗らなかったが、薩長同盟への道筋は半《なか》ばまで出来上がっていたことになる。

竜馬が薩長和解の動きに関わったのは、この時からだ。すでに薩摩と長州に、和解を求める考えはあった。竜馬が、長州の軍艦、武器などの購入を薩摩名義で行う形で仲介したことによって和解の話は具体化したのである。

これによって長州は薩摩と同盟すべく、慶応《けいおう》元年（一八六五）十二月二十六日、桂小五郎が東上の途につき、翌慶応二年正月五日に京の薩摩藩邸に入った。一方、竜馬は同月十日に長府《ちょうふ》藩士三吉慎蔵《みよししんぞう》とともに下関を発《た》った。薩長同盟締結の進展が気がかりだったからだ。十九日には、薩摩藩の定宿《じょうやど》である寺田屋に入った。

乙女が寺田屋に現れたのは、翌二十日昼過ぎのことである。竜馬から薩長同盟の経過を聞いた乙女は、

「そんなら、わたしが使いなんぞしている場合じゃないぞね。おまんが早《はよ》うに薩摩様のお屋敷に行きや。寝ちゅう場合じゃありゃあせん」

と急《せ》き立てた。

「しかし、ちっくと風邪《かぜ》を引いてのう。起きるとふらつくきに」

竜馬はわざとらしく咳《せき》をして見せた。乙女はじろりと横目で、竜馬の様子をにらんでいたが、

「竜馬！」

お登勢とお龍が驚いて跳び上がるほどの大声を出した。竜馬は耳をふさいで、

「うるさいちゃ。相変わらずの大声じゃのう」

と苦情を言った。乙女はかまわず竜馬の胸倉をつかんだ。お龍が、

「乱暴は堪忍《かんにん》どす」

とすがったが、乙女は払いのけた。

「竜馬、おまんは子供んころから、剣術道場に通いとうないちゅうて、頭が痛いだの、腹が痛いだのと言うて逃げようとしたじゃろうが。いまのおまんは、そん時とおんなじ顔ばしちゅう。なんで、仮病《けびょう》を使うか訳ば言いや」

竜馬は、わかった、話すきに、と情けない声で言った。乙女がようやく手を離すと、竜馬は困った顔で話し出した。

「伏見《ふしみ》に来る前、大坂の薩摩藩邸で聞いたんじゃが、京での話し合いはいっこう始まらんそうじゃ。薩摩は、桂さんたちを酒宴で接待するだけで肝心《かんじん》な話をせんちゅうんじゃ。どっちが先に言いだすか、角《つの》突き合わせとるんじゃろう。そげんとこへわしが行ってん無駄じゃろうが」

「なんで、無駄ち言う。そがいな時は双方の話を聞いてまとめるんが、間に立つ者の務めじゃろう」

「わしが長崎《ながさき》でやっちゅう亀山社中《かめやましゃちゅう》は、薩摩の庇護《ひご》があってのもんじゃ。長州から見りゃ、わしは薩摩側の者じゃ。中岡慎太郎なら長州とともに戦《たたこ》うてきたき、桂さんも話を聞く耳を持っちゅうかもしれんけんど、わしの話には耳を貸さんぜよ。それに、西郷さんにしてみりゃあ、わしが薩摩のために働くと思うちょるけん、大事にしてくれちょるんじゃ。わしが長州に頭を下げろと言っても、そげなこつ言えた義理かと一喝《いっかつ》されるのが落ちじゃろ」

　竜馬はさすがに苦《にが》い顔になった。

「そげなもんかね」

「わしがここでうっかり顔を出してしくじったりしてみや、全部わしのせいにされる。そげなったら亀山社中がやっていけんようになるかもしれんのじゃ」

「そうか。おまんも苦労しちゅうみたいじゃね」

　乙女は思わず同情した。すると、すかさず竜馬は言った。

「そこでじゃ。姉やんが薩摩藩邸に様子を見に行ってくれたらええんじゃ。どげになっちょるかわかったら、どげするか考えるきに」

「あかんちゃ。わたしみたいな女が行ったかて、薩摩んひとは相手にせんに決まっとる」

「そんなら、女やち言わんじゃったらええ」

「なんやち」

「姉やんは、わしとそっくりじゃき。男の恰好で行ったら薩摩藩の者はわしが来たと思い込むに違いないぞね」

「馬鹿なことを言うたらいけん」

乙女は笑い飛ばしたが、竜馬が、よう似ちゅうやろ、と同意を求めると、お登勢はうなずいた。

「ほんまに。女の目はごまかせへんやろけど、男はんは気づかんのと違いますか」

お龍も膝を進めた。

「ほんに、そっくりでおます」

ふたりに言われて、乙女もそんな気になってきた。竜馬は、

「なあ、姉やん、頼むき」

と手を合わせた。幼いころから、困ったことがあるといつも竜馬は乙女頼みだった。そのたびに乙女は苦労を買って出たのだ。

（竜馬は昔とちっともかわっとらん）

幼かったころの竜馬を思い出した乙女は、少し嬉《うれ》しくなった。思わず、

「そんなら、わたしが行っちゃるきに」

と言ってしまった。

竜馬は満足そうにうなずいた。稽古が厳しい剣術道場に行くのを免《まぬか》れた時の少年の顔になっていた。

京の薩摩藩二本松《にほんまつ》藩邸までは手槍《てやり》を持った三吉慎蔵が案内した。慎蔵は最初、乙女に引き合わされるとぎょっとした顔になったが、竜馬から何事か言い含められてからは口を閉ざしたまま乙女に付き添った。

薩摩藩邸で慎蔵が門番に訪《おとな》いを告げると、すぐに招じ入れられた。

乙女は黙ったまま、のっそりと屋敷にあがった。西国《さいごく》の雄藩だけに藩邸も立派だったが、なぜか気後《きおく》れはしなかった。

竜馬とは顔見知りらしい薩摩藩士が出てきて、

「坂本さあ、木戸《きど》さんがお待ちでごわす」

とすぐに案内した。この時、桂は幕府の目を逃れるため木戸貫治《かんじ》と名のっていた。薩摩藩士は頭から竜馬が来たと思い込んでいる様子だ。

廊下を、いくつか曲がり、奥まった一室に連れていかれた。部屋には、端正《たんせい》な容《よう》貌《ぼう》の武士が姿勢を崩さずに座っていた。

（こんひとが桂小五郎か――）

乙女が黙って座ると、桂はちらりと乙女の顔に視線を走らせた。すぐに目を伏せて、

「坂本君、きょうは僕を叱《しか》りに来たのだろうが、遅かったよ。僕は明日、長州へ帰るつもりだ」

と言った。乙女が口を開こうとすると、桂は手で制した。

「いや、言わなくともよい。いままで幾多《いくた》の同志たちが国事に倒れてきたか、そのことを忘れるな、と言いたいのだろう。わかっている。片片《へんぺん》たる藩の面子《メンツ》にこだわり、大事を逸《いっ》すべきではないということは——」

この時、竜馬は次のように説《と》いたと記録にはある。

——余等《よら》の両藩のために挺身尽力《ていしんじんりょく》するものは、決して両藩のために非《あら》ず、偏《ひとえ》に天下の形勢に顧《かえり》み、夢寐《むび》も安んぜざるところのものあればなり。然《しか》るに兄《けい》等多事の際、足を百里の外に労し、両藩の要路相《あ》い面接しながら、荏苒《じんぜん》十余日を費やし、遂《つい》に空《むな》しく去らんとす。その意実に解《かい》すべからず。何ぞ区区《くく》の痴情《ちじょう》を脱却《だっきゃく》し、肝心を吐露《とろ》し、大いに天下の為に将来を協議せざる。

だが、乙女は一言も発せず、黙《もく》したままだった。頭脳が鋭すぎる桂は、相手の言いたいことがすべてわかり、頭の中で自問自答していた。

苦悶《くもん》の表情を浮かべて話し続ける桂の言葉に、乙女は耳を傾けるのみだ。しだいに同情の念が湧《わ》いてくる。

(こんひとはまっこと苦しんでおられるとじゃ)

乙女がひたと見つめると、桂は言葉を続けた。

「君の言いたいことはわかっている。いつまでも長州の桂でいるな。日本の桂になれ、と言うのだろう。それが正論だ。しかし、僕は長州を背負っている。そうである以上、長州の桂であることをやめるわけにはいかんのだ。薩摩との同盟ができなければ、長州は幕府と戦って亡《ほろ》ぶだけだ。長州が亡んだ後、薩摩が天下のために働いてくれればそれでよい。薩州、皇家に尽くすところあらば、長州滅《めっ》するといえどもまた天下の幸いなり——」

桂は激して目に涙をためていた。

乙女は胸がいっぱいになった。何も言わず刀を手に立ちあがった。桂は驚いて呼びかけた。

「待ってくれ、坂本君。どこへ行くのだ」

「西郷さんに桂さんのお気持を伝えます」

乙女は襖《ふすま》を開けて廊下へ出た。

三

乙女は興奮していた。

桂の話を聞くうちに、薩摩の西郷吉之助という重役は、なんというわからない男なのだろう、と思った。

（どげな経緯があったかわからんけんど、あげな思いでおるひとを見捨てちゃいけん）

西郷がわからん男なら斬《き》り捨てちゃる、と刀を持つ手に力が入った。乙女が廊下に出ると、待ち受けていた薩摩藩士が、

「西郷殿がお待ちです」

と当然のように案内した。

乙女は強張《こわば》った顔のまま、西郷の部屋に通された。書見をしていた西郷は、ゆっくりと振り向いた。

（大きかひとじゃ）

乙女は目を瞠《みは》った。身長は竜馬や乙女とさほど変わらないように見受けられるが全体に肉がつき、何より顔の造作《ぞうさく》が大きく、巨漢であると感じさせた。鼻筋がとおって眉《まゆ》が太く、何より、目立つのは黒々として光を湛《たた》えた大きい目だった。

（吸い込まれそうな気がする）

乙女は、思わず魅了されそうになったが、気を取り直して西郷の前に座った。桂の思いを言ってやらなければ気がすまないと気持を奮《ふる》い立たせた。だが、乙女が口を開く前に西郷は首をかしげ、

「坂本さあが来られたと聞いたが、おはんはよく似ておられるが違うひとじゃ。どなたでごわすか」

と落ち着いた声で訊いた。乙女は恥ずかしさで首筋を赤くしながら、

「坂本竜馬の姉の乙女と申します。竜馬の使いで参りました」

女を使いに出したのか、と怒り出すかと思ったが、西郷はゆったりと笑みを浮かべてうなずいただけだった。それきり黙ったのは竜馬の使いが何を言うのか、聞くつもりらしい。

乙女は深く息を吸って目を閉じてから話し始めた。

「ただいま、長州の桂様にお会いして参りました。桂様がどのような覚悟でおられるかわかっておいでですか。長州亡ぶとも薩州が天下のために尽くすなら幸いだ、とおっしゃいました」

斬りつけるように言ったが、西郷は眉毛一本、動かさない。黙って乙女の顔を見つめている。

「長州はお気の毒です」

乙女がさらに言葉を継ぐと、西郷は厳しく遮《さえぎ》った。

「黙るがようごわす。男子たるもの、ひとから気の毒と思われて大事をなすものではごわはん」

「なんと言われますか」

乙女はかっとなった。この男は図体《ずうたい》が大きいだけの見かけ倒しだ、と思った。

「薩摩も長州もいままで多くの方が国事で倒れたことと存じます。土佐でも武市《たけち》半平太《はんぺいた》様はじめいのちを落とした者は数え切れません」

乙女の言葉に西郷は目を閉じた。聞く気がないのかもしれない。そうであっても、乙女は言いたいことは言うつもりだった。

「特に半平太様は、わたしらもよう知っておりますが、富子《とみこ》様という奥方がおられまして、仲の良いご夫婦でしたが、御子がお生まれにならなんだため、まわりは側《そば》女《め》を持つよう勧めました。しかし半平太様は振り向きもされませんでした。そんな仲の良いご夫婦が、半平太様が投獄されたため、富子様は夫の苦労をともにしたいと夜は板敷《いたじき》に布団もかけずに寝ておられました。小柄な体の弱いお方がです。そげな思いのあげく半平太様は切腹され、仏《ほとけ》になってようやく富子様のもとに戻られたとです」

西郷はゆっくり目を開け、

「そいはお気の毒と思いもす」

とつぶやくように言った。乙女は頭《かぶり》を振った。

「いや、おまんさあは、志《こころざし》のある者にそれぐらいのことは当たり前じゃち思うておられる。じゃけんど、それは違《ちご》うとります。懸命に戦《たたこ》うた者の傍《そば》には、必ず涙しちょる者がおるとじゃ。そげな思いが世の中を動かしゅうち、わたしは思うちょります。気の毒という気持で世の中が動かんでどうしますろう」

乙女が睨《にら》み据《す》えると、西郷の顔にじわりと苦笑が浮かんだ。

乙女は胸が苦しくなっていた。

岡上家に嫁してからのことが思い出される。夫の樹庵は五尺（約百五十センチ）に満たない小柄な男だったが、大女の乙女に見下げられる気がするのか、何かと言えば乙女を引きすえて手をあげた。武術で鍛《きた》えた乙女が撥《は》ね飛ばそうと思えば難なくできたが、そういうわけにもいかず、黙って打ちすえられてきた。武術や詩歌《しいか》、音曲など何でもできたが、家事だけは苦手な乙女を責めたてる口実はいくらでもあったからだ。

赦太郎《しゃたろう》という男子が生まれたが、樹庵の態度は変わらない。そのころになって、樹庵が下女のふきとかねてから通じていることがわかった。樹庵はそのこともあって乙女を抑えつけようとしたのだ。

（そのうち、ふきにも子供ができるのではないか）

そう思うと、乙女は身震《みぶる》いした。一軒の家での妻妾《さいしょう》同居である。乙女はたまらなくなった。竜馬への手紙に「尼《あま》になって山奥へ入りたい」と書き送ったことがあった。竜馬からは、文久三年六月二十九日付の手紙で、

——先日下され候御文の内にぼふずになり、山のをくへでもはいりたしとの事聞へ、ハイハイヱヘンをもしろき事兼而《コトカネテ》思ひ付おり申候

として全国を放浪するための経文《きょうもん》の唱《とな》え方などをことさら面白く書き、あげくに、

——なんのうきよハ三文五厘よ。ぶんと。へのなる。ほど。やつて見よ。死だら野べのこつハ白石チ、リやチリ〳〵

思い切りやったらいい。死んだら野辺の白骨になるだけだ、と冗談に紛《まぎ》らわした返事が来た。同じ手紙の中で、竜馬は天下の情勢を語り、

——日本《ニッポン》を今一度せんたくいたし申候事

とも書いていた。竜馬と自分がかけ離れた世界で生きるようになってしまった、と哀《かな》しくなった。それで、実家の兄権平《ごんべい》に頼みこんで、お伊勢《いせ》参りに行くということにして国を出てきたのである。竜馬に会って、自分の生き方を変えたかったのだ。しかし、そんな小さな思いを積み重ねて生きている者の願いなど、西郷にはわからないのではないか。

だが、西郷はぽつりと言った。

「坂本さあの姉上のおっしゃる通りごわんで。おいが違《ちご》うちょりもした」

「ほんなら」

乙女は気が抜けたように腰を落とした。

「桂さあにはおいの方から話を切り出さにゃいけもはん、と思いもした」

「西郷さん、わたしのような者の話で」

西郷はゆっくりと首を振った。目が黒々と光った。

「おいは奄美大島《あまみおおしま》ちゅうところに島流しになったことがございもんで、そん時、島の愛加那《あいがな》ちゅう娘を娶《めと》りもした。ふたりの子が生まれもしたが、赦免《しゃめん》になって鹿児《かご》島《しま》に戻る時、連れていくわけにいかんで残してきもした。愛加那は泣いちょりもした。そん涙ば思いだしもした」

乙女ははっとして目をぬぐった。いつの間にか涙が流れていたのだ。

「坂本さあの姉上、おいが桂さあに話を切り出さんかったのは、なんも薩摩の面子を気にしたからじゃごわはん。長州は無理な戦《いくさ》と承知のうえで暴発して禁門の変を起こし、朝敵になったとでごわす。そん長州がやすやすと許されたら、長州のひとたちは、乱暴な戦をしてもとどのつまりは救ってもらえると思うて、二度、三度と繰り返すことになり申す。生き延びるためには、たとえ夷人《いじん》の靴《くつ》でも舐《な》めるという覚悟が必要ごわんで。桂さあの言われるごと、亡んでもよかもんなど、世の中にはありもはん。おいは生き延びるための桂さあの覚悟が見たかったとでごわす」

「じゃけんど、そんなら、まだ桂様の覚悟はほど遠いものじゃないでしょうか」

「いや、そげんではなか。桂さあは窮《きゅう》して坂本さあの姉上に頼りもした。武士が女《おな》子《ご》にすがったのは恥も外聞も捨てたということでごわす」

乙女はあわてて言った。

「いや、桂様はわたしを竜馬だと思い込まれたようでしたが」

「そいは、わざと気づかぬふりをしたとでごわす。桂さんほど勘の鋭かひとが一目見て、こげなよか女人《にょにん》に気づかんわけはなか」

西郷は大笑し、乙女は顔を赤らめた。

四

慶応二年（一八六六）一月二十一日、薩摩藩家老小松帯刀《こまつたてわき》の屋敷で、西郷と桂に竜馬も立ち会って会合が行われ、薩長同盟が結ばれた。同盟の内容は幕府と長州が戦端を開けば、薩摩が上方《かみがた》出兵するなどの六ヵ条である。

同盟締結後、桂は京を離れ帰国の途についたが、途中で薩摩の違約が不安になり、立会人の竜馬に六ヵ条の内容を記した手紙を送って裏書を求めた。竜馬は内容に誤りがないことを誓う朱書《しゅがき》をして返送した。

竜馬が寺田屋に戻ってきたのは二十三日のことである。その夜、乙女と竜馬は二階の窓から出て屋根の上に横になり、夜空を眺めながら物語した。

冷え込みが厳しく雪がちらつく夜だったが、気分が昂揚《こうよう》し、酒も入ったふたりは平気で冷たい瓦《かわら》の上に寝そべった。竜馬から薩長同盟締結の話を聞いた乙女は、ため息をついた。

「まっこて、おまんは大きな仕事をしたとじゃね」

「なんちゃない。姉やんが西郷さんを説いてくれたおかげやき」

竜馬は笑った。乙女はむくりと起き上がった。

「竜馬、おまん、わたしがなんで上方に出てきたのか、わかっちょったじゃろ」

「姉やんは、岡上を出るつもりか」

「そうや。離縁しよう思うちょる。その踏ん切りをつけとうて出てきたんじゃ。おまん、そがなわたしの気持を見抜いて、薩摩藩邸に使いに出したがじゃろ」

「そうやったかのう」

竜馬はとぼけた声を出した。

「離縁しようかどうしようか、と思うて、頭の中がもやもやしとったけんど、西郷さんのような大きなひとに思い切り言いたいことを言うたら、すっきりした」

「そりゃ、よかったのう」

おかしそうに竜馬は笑った。

「なんがおかしいんじゃ」

「いや、西郷さんは京の料亭の下働きの女でお玉という大女を豚姫《ぶたひめ》と呼んでかわいがっちょると聞いて、どうも大女が好みじゃろうと睨《にら》んで、姉やんに行ってもろたんじゃ。わしの策は見事に当たったのう」

「何を馬鹿なことを言いゆうがじゃ」

乙女はくすくすと笑ったが、西郷が乙女に対して好意的だったのは確かだ。そのことが離縁を決意した乙女には救われる思いとなっていた。

乙女は星を見上げた。高知《こうち》の浜で見る星と比べてなんと小さいことか。

「竜馬、おまんのよかところは女子を馬鹿にせんところじゃ」

「何を言うがか。子供のころから、女子を馬鹿にしたらすぐに姉やんから頭をなぐられたやろうが。女子を馬鹿にせんように骨身に染《し》み込ませたのは姉やんぜよ。わしはなんちゃない、普通にしとるだけじゃ」

竜馬はからからと笑った。そうかも知れない、だからこそ寺田屋のお登勢やお龍たちも懸命に竜馬の世話をするのだ、と乙女は思った。

竜馬には他にも関わった女が多い。竜馬が剣術修行した江戸の千葉《ちば》道場の娘千葉さな子、土佐勤皇党の同志の妹平井かほ、みな気性《きしょう》がしっかりして思ったことを成し遂げられる女たちだった。そんな女たちがそろって竜馬に魅《ひ》かれる。

竜馬は顔をあげて乙女を見た。

「姉やん、わしはひとに上から抑えつけられるのが、大嫌《だいきら》いじゃきに。そげなことのない世の中にしたいち思うとるがぜよ」

「それはええのう。わたしも上から抑えられるんは嫌いじゃ」

「そうじゃろう。わしはそんな世の中を作るまでは、こすっからう生きて死にはせんぞね」

竜馬は白い歯を見せて笑った。

「そやのう。おまんは死んじゃ、いかんがや」

「めったに死にやせんけ」

「そう言えば、そげんかこつも手紙に書いてきよったな」

竜馬は、乙女への手紙で、

——私しおけしてながくあるものとおぼしめしハやくたいニて候。

として、長い命ではないかもしれないと言いつつも一方で、

——然《しかる》ニ人並《ナミ》のよふに中々めつたに死なふぞ（略）中々こすいいやなやつで死《シニ》ハせぬ。

などと書いて寄越《よこ》していた。

「わしはのう、姉やん。泥の中のすずめ貝のようなもんじゃ。夢は見るけんど、いつも鼻の先には土をつけちゅう。できもせんことは考えん。そんかわり、思うたことはできるち信じちょる」

「それがええがじゃ。美しい夢のようなことばかり言いよっても、世の中はなんち

ゃ変わらん」

乙女の口調には厳しさが籠《こ》められていた。竜馬は目を細めて、乙女を見た。

「姉やんも苦労しうがじゃのう」

「誰でんがする苦労じゃけ、文句は言えん。けんど、それが世の中じゃちゅうて、黙って耐えないかん仕組みには腹が立つとじゃ」

「その仕組みを変えたらええがぜよ」

竜馬はやさしげに言った。

「それは男やき言えることとや」

乙女の声に口惜《くちお》しさが滲《にじ》んだ。竜馬は星を見上げて目をそらした。

「わしは武士と町人、百姓の違いはないいち思うちょる。同じように男と女の違いもないいちゃ」

「おまんは珍しか男じゃねえ」

乙女はくっくっと笑った。自分の弟ながら、正体がつかめない、と思った。ただ、竜馬と話していると元気が湧いてくる。

「わたしは、このままおまんと一緒に国事に奔走《ほんそう》するかもしれんちゃ」

できることではないと思ったが、口にしてみた。いや、ひょっとしたら、竜馬ならそんな道を開いてくれるかもしれない、という気がした。

「やりたいことは、やったらええがじゃ」

竜馬がのんびりした声で言った時、がたがたっと部屋で物音がした。竜馬が振り向くと、三吉慎蔵が窓から顔を出して、押し殺した声で言った。

「坂本さん、大変じゃ。戻ってくれ」

竜馬と乙女が部屋に戻ると、お龍が浴衣《ゆかた》一枚をひっかけただけの姿で来ていた。襟元《えりもと》から濡《ぬ》れた白い肌《はだ》がのぞいている。

竜馬は眉をひそめた。

「どうしたんじゃ」

「風呂に入っていたら、捕り方が来ているのが見えたんどす。早《はよ》う逃げておくれやす」

「なんじゃと」

すでに、寺田屋の前には伏見奉行所《ふしみぶぎょうしょ》の捕り方が二十人ひしめいていた。捕り手たちは寺田屋の戸を叩《たた》いてお登勢を呼び出し、

「二階に侍《さむらい》がふたりおるであろう」

と問い質《ただ》した。お登勢はやむなく答えた。

「おんなはります」

「何をしておるか」

捕り方は目を光らせて訊いた。

「まだ、お休みされておへん。お話しされておいやす」

お登勢が答えると、捕り方たちは困惑《こんわく》した色を浮かべた。

この時、夜中の八つ半（午前三時）ごろだった。捕り手たちは、竜馬の寝込みを襲《おそ》って捕縛《ほばく》するつもりだったのだ。

捕り手たちが、どうしたものか、と話し合っている間に、竜馬は隣の部屋に置いていた大小を腰にさし、慎蔵は手槍《てやり》を取った。さらに、竜馬が長州の高杉晋作《たかすぎしんさく》からもらった六連発のピストルを荷物から取り出すと、乙女がそばから手を伸ばしてひったくった。

「姉やん、何をするがや」

「竜馬、ここはわたしが防いじゃるきに、おまんは逃げや」

「そりゃ、無茶じゃ」

「短筒《たんづつ》のあつかい方ぐらい知っちょる。心配せんでええ」

乙女と竜馬の兄権平は高島《たかしま》流砲術の奥義《おうぎ》を得ていた。乙女も権平にならって鉄砲の撃ち方を稽古していた。

「そうはいうても、危ないきに」

竜馬がピストルを取り上げようとするのを、乙女は振り払った。

「おまんは生きんといかんがじゃ。わたしは女の姿に戻れば、どげんしてでも逃げのびられるき」

そうこうする間に、がたがたと梯子段《はしごだん》を上って捕り手が上がってきた。竜馬は障子《しょうじ》越しに、

「何者じゃ」

と怒鳴ると、障子の向こうの男はいなくなった。間無しに隣室で大きな物音がした。

「お龍、襖をはずせ」

竜馬に言われて、お龍が体をぶつけて襖を倒した。隣室には槍を構えた十人ほどの捕り手が来ていた。

「竜馬、逃げや――」

乙女が叫んでピストルを放った。

ずだーん

銃声が寺田屋の中に響き渡った。

五

後に、竜馬に宛てたお登勢の手紙によると、寺田屋に踏み込む前の捕り手たちは、怖気《おじけ》づいて逡巡《しゅんじゅん》したとある。

――夫より捕手の人が大いに〱心配いたし、どふしよふ、こふしよふと、色々恐れ、だれ行け、かれ行けと其《その》混雑言はん方なく、其女が思ひ候には、こんな人が幾万人かかり候とも、其両人には、所詮《しょせん》かなはずと云《い》ふ事、心の内に思ひ

お登勢は、捕り手たちがどれほど大勢でも竜馬と慎蔵にはかなうまいと思ったという。それでもピストルで撃たれると、捕り手たちは恐怖から却《かえ》って逆上してしまい、寺田屋の中は大乱闘になった。

銃声が鳴り渡り、捕り手のわめき声がざわめいた。捕り手たちは、もはや捕縛するつもりはなく、槍で突きかかり、刀で斬りつけてきた。

竜馬は何度か、

「おいは薩摩の侍じゃ。なぜ無礼を働くか」

と大声で言ったが、捕り手たちは口ぐちに、

「上意じゃ、上意じゃ」

とわめき立てて押し包もうとする。そこで、乙女が発砲すると、ひとりは足を撃《う》たれ、弾《はじ》かれたように倒れた。

捕り手たちはわっと悲鳴をあげたが、その中から怒りの声をあげて槍で突きかかる者がいた。これに慎蔵が応戦すると槍が打ち合う音が響き、穂先がきらめいた。その間にも乙女は次々にピストルを撃って捕り手を倒したが、そのうち弾《たま》が尽きた。

「竜馬、弾が無いちゃ」

「無闇《むやみ》に撃つからじゃ」

竜馬は顔をしかめて、乙女からピストルを受け取り、弾を込め始めた。その時、障子の陰から忍び寄っていた捕り手が脇差《わきざし》で斬りかかってきた。とっさにピストルを持った手で刃《やいば》を受けた竜馬は右手の親指の付け根を斬られた。

「竜馬、大事ないか」

すぐさま、乙女は脇差を抜いて斬りつけると、捕り手はうめいて転倒した。竜馬はさらにピストルに弾を込めようとするが、指から流れ出る血でぬるぬるすべって

うまくできない。

「姉やん、うまいことできん。もうこれは捨てるき」

竜馬は腹立たしげに言った。慎蔵が傍に寄って、

「ならば、敵に突き入りましょう」

と囁《ささや》いた。捕り手はピストルに恐れをなして、一階に退いていた。

「いや、いまのうちに逃げるぜよ」

竜馬は乙女を振り向いた。乙女がうなずくと、竜馬は慎蔵とともに梯子段を下った。

竜馬たちが一階に下り、さらに裏口に向かうのを見定めた乙女は、二階にあった大火鉢《おおひばち》を持ち上げて階段口から投げ落とした。大火鉢は割れ、濛々《もうもう》と灰が舞った。あたりは真っ白になり、何も見えなくなった。

「逃げたぞ」

「追え、追え――」

捕り手が大声をあげたが、すでに竜馬は慎蔵とともに裏木戸から脱出していた。

しかし、竜馬は右手に負った怪我《けが》の出血が止まらず、夜の町を走って川端の材木置き場に潜《ひそ》んだところで力が尽きた。慎蔵は竜馬の苦しそうな様子を見て、

「坂本さん、ここで腹を切りましょう」

と言ったが、竜馬は笑って頭を振った。

「死に急ぐのは愚《おろ》かぜよ。おまん、薩摩屋敷まで走って助けを求めてくれんかえ」

額《ひたい》に脂汗《あぶらあせ》を浮かべ、あえぎながら言う竜馬の言葉に、慎蔵は川に下りて衣服を洗ってから草鞋《わらじ》を拾って旅人を装い、五丁（約五百四十五メートル）ほど先にある伏見の薩摩藩邸に走った。

どうにか慎蔵が薩摩藩邸にたどりつくと、すでにお龍が駆け込んで急を知らせていた。薩摩藩留守居役《るすいやく》の大山彦八《おおやまひこはち》が、

「心配しちょりもした。すぐに坂本さあを助けに参りもそう」

と言って川舟を仕立ててくれた。丸に十字の船印を押し立てて材木置き場に向かい、物陰に隠れていた竜馬を救出して薩摩藩邸に運び込んだ。

竜馬の傷は浅手《あさで》だったが、動脈を切っていたため血が止まらず、お龍が付きっ切りで介護した。

一方、乙女は灰が立ち込める中、悠々と梯子段を降りた。捕り手が龕灯《がんどう》で照らすが、白い煙幕《えんまく》が見えるだけだった。乙女は梯子段の途中で飛び降りて一階の女中部屋に逃げ込んだ。女中たちが、

——ひいっ
と悲鳴をあげるのに、乙女はなだめるような声で、

「静かにしておおせ」

と言った。髷をばらして後ろでくくり、手早く着物と袴を脱《ぬ》ぎ棄てた。そして傍らに畳《たた》んであった女中の物らしい着物を手に取り、

「ちょっと借りますきに」

と断ってから、袖《そで》を通した。長さが足らず、つんつるてんだったが、やむを得なかった。そうこうする間にも、寺田屋の中は、捕り手たちが踏み鳴らす足音や襖が倒される音が絶え間なく聞こえる。

乙女が女中部屋からこっそりのぞいてみると、捕り手たちは一階で騒ぎまわるばかりで外へ出た竜馬たちを追おうともしていない様子だ。

それを見て、乙女の顔はほころんだ。

（こげいに、大騒ぎして追い掛けられるとは、まっこと、竜馬もたいしたもんじゃ）

乙女は店の土間に下り、潜《くぐ》り戸から外へ出た。外で警戒していた捕り手たちは、突然、店の中から大女が現れたことに目を瞠ったが、浪人者ではないとわかるとほ

っとした表情になった。

乙女はできるだけ背をかがめて、捕り手たちの間を抜けた。店の前の川辺にお登勢が煙管《キセル》をくわえて佇《たたず》んでいるのが見えた。

傍に寄る乙女を見て、お登勢はわずかにぎょっとした顔になったが、すぐに、

「坂本はんの姉上様どっしゃろか」

と小さく訊いた。捕り手に声が届くのを恐れた乙女が殊勝《しゅしょう》な声で、

「そうどす」

と答えると、お登勢はくっくっ、と笑い出した。お登勢は胸を押さえて笑い声をあげまいとこらえるが、いつまでも肩は揺れ続けた。

六

伏見奉行所は竜馬の行方《ゆくえ》を必死に探索した。間も無く薩摩藩邸に匿《かくま》われているらしいと察知して、引き渡しを求めたが、大山彦八は、

「そげな者はおりもはん」

の一点張りで受け付けなかった。このため、奉行所は薩摩藩邸に見張りをつけ、

竜馬が出たところを捕縛することにした。

七日ほどたって、匿われていた竜馬はお龍の介護でようやくひとりで立つことができるようになった。

西郷は、竜馬と慎蔵、お龍を京の薩摩藩邸に移すよう命じ、吉井幸輔《よしいこうすけ》が藩兵一小隊を率いて京から伏見へ向かった。

竜馬たち三人は駕籠《かご》に乗せられ京へ護送された。伏見奉行所では、薩摩藩邸から出てきた駕籠に乗っているのが竜馬だと察したが、銃で武装した薩摩兵が護衛しているため、歯噛《はが》みしつつも手を出すことができなかった。

同じ日、寺田屋では、丈《たけ》の足らない着物を着て台所の下働きや薪割《まきわ》りなどをしていた乙女がひさしぶりに男装に着替えた。

「やっぱり、このほうが落ち着くぞね」

袴をつけた乙女はほっとした。女中部屋の押し入れに隠していた大小も取り出して腰に差し、帳場にあいさつに行くと、お登勢は驚いた表情になった。

「乙女はん、その身なりでどこに行かはりますのや」

「もう、土佐に帰ろうと思いますので」

「そやけど、このあたりは、まだ新撰組やら奉行所の捕り手がうろついてますえ。

桔梗紋の浪人が出てきたら、坂本はんやと思うて、わっと寄ってきまっしゃろ。まして、あんたはんは、竜馬はんにそっくりやさかい、危のうおす」

伏見奉行所では竜馬を捕らえるため人相書きをばらまいていた。それは男装した乙女に瓜《うり》二つの人相書きだった。

「そん時はこれがあります。新撰組でも恐ろしゅうはありません」

乙女は懐《ふところ》からピストルを取り出して見せた。竜馬が投げ捨てたピストルを拾って弾を詰めておいたのだ。

「そんな物騒な」

捕り手たちは、竜馬を取り逃がした後、手荷物などを押収していったが、乙女が女中部屋に隠したピストルには気づかなかった。

さすがにお登勢はあわてた。先日、奉行所の役人が踏み込む騒ぎがあったばかりなのに、また新撰組相手にピストルを撃つ騒ぎを起こされてはたまらないと思った。

「冗談ですちゃ」

乙女は笑った。こんなに愉快に笑えたのは、何年ぶりだろうか、と思った。お登勢も口に手をあてて笑いながら、

「ほんに、いかにも竜馬はんの姉上様らしかおひとでおますなあ」

と言った。乙女は首をかしげた。

「さあて、どうでしょうか。竜馬は天下を駆けまわって国事に奔走しちょりますが、わたしは家の中のことで、女臭い苦労ばっかりしちょる。子供の時、鍛えてやった竜馬は、名前通り天を羽ばたいちょるのに、わたしは名のせいか女に留《と》めおかれちょります」

「それが、お嫌《いや》どすか」

お登勢は怜悧《れいり》な目で乙女を見つめた。

「嫌ちゅうてもせんないことやき」

乙女が目を伏せると、お登勢は膝を正した。

「乙女はんが薩摩様のお屋敷に使いに行かはった後、竜馬はんはあんたはんの自慢ばかりをしておいやした。自分にはできんことやけど、あんたはんなら西郷はんをやり込めるかも知れんと言わはりましてな。その言葉通り、あんたはんはやらはったやおへんか」

お登勢の声には真情が籠もっていた。

「それは、ただのめぐりあわせやないやろか」

「そうかもしれまへんなあ。けど、そのめぐりあわせは、あんたはんが作ってきたものやおへんか」

「わたしが?」

乙女はお登勢に顔を向けた。

「そうどす。泣き虫の寝小便たれやった竜馬はんを鍛えて一人前にしたのは、あんたはんどっしゃろ。あんたはんは、ご自分が育てはった竜馬はんという天馬に乗らはったんや。姉上様やから、竜馬はんは背中に乗せはったんや。他の者やったら、乗せたりしまへん。わてらからしたらうらやましゅうおす」

お登勢の言葉が乙女の胸に染みた。幼い竜馬を育てていたころのことを思い出した。泣き虫、弱虫の竜馬が、幕府からさえ恐れられるほどの男になるとは思わなかった。

「そげん言うてもろうたら元気になります」

乙女はにこりと笑った、その笑顔をお登勢は好ましげに見つめた。

「土佐へお帰りやしたら、どうされますのや」

乙女はいたずらっぽくお登勢の顔を見返した。

「女将さんは、わたしと竜馬が屋根のうえで話していたことを聞いておられましたか」

　お登勢は決まり悪そうに笑《え》みを浮かべた。ふたりが屋根で話していた声はお登勢の耳にまで届いていた。ふたりは楽しげに大声で話していたのだ。

　乙女はさりげなく話を続けた。

「土佐へ戻ったら離縁いたします。そして、なんができるかわからんけんど、自分の道を探してみようかと思います」

「ほなら、寺田屋はその門出《かどで》どすな」

　お登勢はうなずいた。なぜか目に涙がたまっていた。

　乙女も涙ぐみそうになったが、ひとに泣き顔を見られるのは嫌だった。立ち上がると笠を手に土間に降りた。お登勢が見送ろうとするのを手で制して、頭を下げた。

　乙女は踵《きびす》を返すと寺田屋の閾《しきい》を越えて足を踏み出した。


〈了〉

解説

葉室麟が陸奥宗光を通して伝えたかったこと

細谷正充

二〇一七年十二月二十三日、葉室麟《はむろりん》が逝去《せいきょ》した。享年《きょうねん》、六十六。「文蔵《ぶんぞう》」連載の『暁天《ぎょうてん》の星』をはじめとする、旺盛《おうせい》な執筆を知っていたので、あまりにも突然の訃《ふ》報《ほう》に、しばし呆然《ぼうぜん》としたものである。作家として活動したのは、たったの十三年。だが、残された作品は多い。それを振り返りながら、作者の足跡をたどってみたい。

地方紙の記者や、ラジオニュースのデスクなどをしていた葉室麟は、二〇〇五年、陶工の尾形乾山《おがたけんざん》を主人公にした「乾山晩愁《ばんしゅう》」で第二十九回歴史文学賞を受賞し、作家デビューを果たした。以後、デビュー作に絵師を主人公にした四作品を加えた短篇集『乾山晩愁』や、源《みなもとのさねとも》実朝暗殺を題材にした『実朝の首』を上梓《じょうし》。ただしまだ、知る人ぞ知る存在であった。

そんな作者が一躍《いちやく》注目を集めたのは、二〇〇七年に『銀漢《ぎんかん》の賦《ふ》』で、第十四回松本清張賞を受賞してからである。月ケ瀬《つきがせ》藩という架空の西国《さいごく》の藩を舞台に、ふたりの武士の歳月《さいげつ》を描いた物語は、硬質な筆致と豊潤《ほうじゅん》な物語がマッチした、優《すぐ》れた武家物であった。さらにいえば、この時点で三冊の著書から、歴史小説と時代小説の両方が書ける作家として、将来を嘱望《しょくぼう》されたのである。

だが、五十歳を過ぎてデビューするまで、作者の裡《うち》に積み重ねられた、体験と研《けん》鑽《さん》の量は、こちらの想像を超えていた。ためしに初期の作品を見てみよう。

　黒田官兵衛《かんべえ》と日本人修道士のジョアンを主人公にした戦国ロマン『風渡る』、及び、姉妹篇の『風の王国　官兵衛異聞』（現『風の軍師　黒田官兵衛』）。権謀術数《けんぼうじゅっすう》を背景に、武士道と純愛を合体させた『いのちなりけり』。その『いのちなりけり』の主人公たちを登場させながら、忠臣蔵《ちゅうしんぐら》を新解釈で捉《とら》えた『花や散るらん』。筑前《ちくぜん》の小藩に生きる男の、矜持《きょうじ》に満ちた人生を綴《つづ》った『秋月記《あきづきき》』。オランダ使節団の泊まる〈長崎屋〉の娘が事件に巻き込まれる時代ミステリー『オランダ宿の娘』、日本が初めて異民族から本格的な襲来《しゅうらい》を受けた、平安中期の〝刀伊入寇《といにゅうこう》〟を題材にした『刀伊入寇　藤原隆家《ふじわらのたかいえ》の闘《たたか》い』……。これだけでも、作品の幅広さを納得してもらえるだろう。

　そして二〇一一年八月、ひとつの注目すべき作品が上梓される。『星火《せいか》瞬《またた》く』だ。幕末の横浜の地に降り立った、ロシアの大革命家バクーニンをフックとして、明治維新をグローバルな視点で捉えようとした意欲作である。ただしこの作品は、それほど話題にはならなかった。『西日本新聞』二〇一八年十月四〜五日号に掲載された「坂の上の、その先　葉室麟　未完の維新〈上・下〉」（小川祥平記者筆）で、作品の編集者だった塩見篤史《しおみあつし》を取材した部分に、

「〈お酒を飲むと『なぜ評価されないのか』とこぼしていました〉と懐《なつ》かしむ。一般的に近代ものは売れ筋ではないが、〈それまでとは別の方法で日本を見つめたい。先々の仕事を見据《みす》えていたのでは〉と当時の葉室さんの心境を推《お》し量《はか》る」

と書かれている。「先々の仕事を見据えていたのでは」という塩見の言葉は、正《せい》鵠《こく》を射《い》ている。おそらくだが、作者はすでに近代史と取り組む決意を固めていたのだろう。そして日本の近代を描くなら、海外との関係を避《さ》けて通るわけにはいかない。だからこそ土台固めのために、グローバルな視野を持つ幕末小説を執筆したのだ。

これに関連して留意《りゅうい》したいのが、一九九〇年から九一年にかけて地方紙に、本名で連載した「福岡『ロマン』人国記」である。原稿のコンセプトは「福岡にちなむ小説の主人公、わき役、作家を紹介してふるさとのロマンをたどる」ことである。松本清張の『或《あ》る「小倉《こくら》日記」伝』から檀一雄《だんかずお》の『火宅《かたく》の人』まで、十八の作家と作品が取り上げられている。近代を舞台にした作品が多くピックアップされている点が、すこぶる興味深い。その第九回が、山田風太郎《ふうたろう》の『ラスプーチンが来た』であった。『警視庁草紙《ぞうし》』から始まる、一連の明治物の一冊だ。

　主人公は、後にロシアで活動し、日露《にちろ》戦争の陰《かげ》の立役者《たてやくしゃ》となった、日本陸軍軍人の明石元二郎《あかしもとじろう》。ただし本書に登場するのは、まだ二十五歳の若者だ。その明石が、ひそかに来日していたロシアの妖僧《ようそう》ラスプーチンと対決をする。来日した露国皇太子が、警備をしていた津田三蔵《さんぞう》巡査《じゅんさ》に襲撃され重傷を負った、大津《おおつ》事件をクライマックスにしたストーリーは、奇想天外にして波瀾万丈《はらんばんじょう》。いかにも山田風太郎らしい作品である。

　それにも増して重要視すべきは、この作品が海外とのかかわりの中で、明治時代を活写していることだろう。山田風太郎の明治物は後期になると、『ラスプーチンが来た』や『明治波濤歌《はとうか》』のように、海外を絡《から》めた作品が目立つようになる。記者時代の作者が『ラスプーチンが来た』を取り上げたのは、主人公が福岡出身であるからだが、この作品が小説家としての葉室の目指す方向を、指し示すものであったからという理由もあったように思えてならない。

　しかし個人的な慚愧《ざんき》も込めていうが、『星火瞬く』を初めて読んだときは、それが分からなかった。たしかに葉室作品は海外とかかわる物語が多いと思っていたが、そういった方向性が好きなんだろう程度にしか、考えていなかったのだ。いうまでもなく、私ひとりが評価したところで、何も変わらなかったろう。だが多くの読者が、作品の真意を読み取って、正しく評価していれば、作者が近代史に取り組む時期が、もっと早まったかもしれないのである。

ところが現実は、まったく違った方向に進んでいく。『星火瞬く』の三カ月後に刊行された『蜩《ひぐらし》ノ記《のき》』が、翌二〇一二年、第百四十六回直木賞を受賞したのだ。何度かの候補を経《へ》ての栄冠であった。これにより作者は、読みごたえのある時代小説家として、絶大な人気を獲得《かくとく》していくことになる。

作品の舞台は、豊後《ぶんご》の羽根《うね》藩だ。月ケ瀬藩と同じく、架空の藩である。前藩主の側室と密通したという罪で、十年後の切腹《せっぷく》を命じられ、向山村《むかいやま》に幽閉《ゆうへい》された元郡《こおり》奉行《ぶぎょう》の戸田秋谷《とだしゅうこく》。家譜《かふ》の編纂《へんさん》をしながら、切腹の日を待つ秋谷と、その周囲の人々を描いたドラマは、厳しくも美しい人間の生き方が表現されていた。受賞も当然の傑作《けっさく》である。その後、『潮鳴《しおな》り』『春雷《しゅんらい》』『秋霜《しゅうそう》』『草笛《くさぶえ》物語』と、羽根藩を舞台にした長篇が書き継がれた。ただし物語の時代はバラバラだ。おそらく作者には、シリーズを通じて羽根藩の年代記を創るという意図があったのだろう。

なお二〇一六年には、『鬼神《きじん》の如《ごと》く　黒田叛臣《はんしん》伝』で、第二十回司馬遼《しばりょう》太郎《たろう》賞も受賞している。有名な黒田騒動を、斬新《ざんしん》な切り口で描いた秀作だ。実在の事件や人物を取り上げた作品も多く、先に触れた『刀伊入寇　藤原隆家の闘い』、豊後日田《ひた》の儒学者・広瀬淡窓《ひろせたんそう》と、弟の久兵衛《きゅうべえ》の人生を見つめた『霖雨《りんう》』や、その姉妹篇の『雨と詩人と落花と』。人斬《ひとき》りと恐れられた河上彦斎《かわかみげんさい》の実像を紙上に刻印《こくいん》した『神剣　人斬り彦斎』等、枚挙《まいきょ》にいとまがない。また、『螢草《ほたるぐさ》』『さわらびの譜』『紫匂《むらさきにお》う』など、女性を主人公にした作品が少なからずあることも、特色といえよう。

一方で作者は、エンターテインメント色豊かな作品も執筆している。なぜか刺客《しかく》に選ばれてしまった、藩一番の臆病者を主人公にして、グランドホテル形式のドラマを展開した『川あかり』。峠《とうげ》の茶屋の訳《わけ》あり夫婦が、さまざまな騒動や事件に立ち向かう『峠しぐれ』。父親の死の謎を追って、三兄妹弟《きょうだい》が藩内の道場破りをする『あおなり道場始末』。揺れ動く女心を綴ったストーリーなのだが、後半で予想外のアクションが繰り広げられる『辛夷《こぶし》の花』などなど。作者自身が、楽しんで書いているのだろう。伸び伸びとした筆で、愉快痛快なお話を送り出してくれたのである。

さらに注目すべき作品として〝五十作目記念作品〟と単行本の帯に銘打《めいう》たれた『墨龍賦《ぼくりゅうふ》』を挙《あ》げておきたい。戦国時代を背景に、武人の魂《たましい》を持つ絵師・海北友松《かいほうゆうしょう》の人生を綴った歴史小説だ。記念すべき五十作目の著書に、絵師物を持ってきたのは、意識的なものであろう。デビュー当初から作者は、絵師を主人公にした短篇を発表していた。ついでに付け加えると、『銀漢の賦』の「受賞のことば」で、

「受賞作は川端康成《かわばたやすなり》が愛蔵した浦上玉堂《ぎょくどう》の『凍雲篩雪図《とううんしせつず》』がヒントとなった。山水《さんすい》画《が》でありながら不安や苦悩を感じさせる絵だ。鴨方《かもがた》藩士だった玉堂は五十歳の時、二人の子供を連れて脱藩する。絵に描かれたのは脱藩した玉堂の心象《しんしょう》風景ではないか、と考えるうち、二人の男の物語が生まれた」

と記している。絵師に対するこだわりは最初からあり、女絵師を主人公にした連作集『千鳥舞う』など、折に触れて発露《はつろ》されていた。そうした自分のこだわりを、五十作目という節目《ふしめ》で改めて見つめ直し、デビュー当時からどこまで遠くに来たか、確認したのではないか。面白い物語を書くというのは前提として、そのような狙《ねら》いもあったように思われる。

また、作者初の自著解説を行った『洛中洛外をゆく』の中で『墨龍賦』について、

「僕は今、六十六歳。友松が『雲龍図《うんりゅうず》』を描いたのが六十七歳のときです。彼のエネルギーには及ぶべくもありませんが、僕自身、五十代で小説家としてデビューして、〝小説を書く〟ことに自分自身を見出したのなら、とことんやり尽くしたい。何があろうとも、見えているものがあるならば、書いて書いて、書き通したい。でないと自分は決して納得がいかないだろう――そんな思いに日々、突き動かされているんです。友松も何かに突き動かされるように絵を描き続けましたが、彼は絶対に振り返らない人だったと思います。だから僕も振り返らない。彼のことを書いているうちに、何度も強く思ったことです」

と語っている。取材は、二〇一七年の春に行われたそうだ。烈々《れつれつ》たる意欲の表明といっていい。しかし一年も経《た》たずに、作者は逝去した。その事実が、残念でならない。

ところで一時期、作者を藤沢周平に準《なぞら》えるような風潮があった。出世作となった『銀漢の賦』が武家物であったことや、「羽根藩」シリーズが、藤沢の「海坂藩《うなさか》」シリーズを想起させるところがあったからだろう。しかし作家の姿勢としては、司馬遼太郎タイプだったのではないかと思っている。司馬は作品を通じて、日本の国や日本人とは何かを追求し、現代人への提言を為《な》した。同様の姿勢が、作者から窺《うかが》えるのだ。これは作者自身も意識していた。二〇一八年十一月に刊行された『曙光《しょこう》を旅する』に、司馬遼太郎賞を受賞した後のインタビュー「『司馬さんの先』私たちの役目」が収録されている。その中で作者は、司馬の『竜馬《りょうま》がゆく』の主人公・坂本竜馬について「竜馬はイデオロギー的な抑圧《よくあつ》から自由なヒーローとして映り、どうやったらあんな生き方ができるのかとあこがれました」と称揚《しょうよう》しながら、司馬と現代の時代の違いを指摘し、

「司馬さんの考えたことや仕事へのリスペクトに立ち、その先を見るのが、私たちの世代の作家の役目だと思います」

といっている。最晩年の一連の幕末・明治物は、それを形にしたものである。そして『暁天の星』が完成していれば、もっと明確に作者の指針が見えたはずなのだ。

もう少し詳しく書こう。『星火瞬く』以降も作者は、折に触れて幕末・明治物を執筆していた。二〇一三年の『春風伝《しゅんぷうでん》』『月神《げっしん》』、一五年の『影踏み鬼　新撰組篠《しの》

原泰之進日録《はらたいのしん》』『蒼天見《そうてん》ゆ』、一六年の『神剣　人斬り彦斎』である。そして二〇一七年、相次いで二冊の長篇が刊行される。十一月の『大獄《たいごく》　西郷青嵐賦《せいらん》』と、十二月の『天翔《あまか》ける』だ。

まず『大獄　西郷青嵐賦』だが、まだ西郷隆盛が世に出る前の時代を扱っている。このことについて作者は『曙光を旅する』収録の歴史読物「維新への異議　夢の如く」で、「私が『安政の大獄』に焦点を当てて小説を書いているのは、この時期の西郷が、薩摩《さつま》藩の島津斉彬《しまづなりあきら》による、いわばオールジャパン構想のために活動していたことに惹《ひ》かれるからだ」と記している。当時の状況では、挙国一致で時代に対応しようという構想は、理想論にすぎたのだろう。井伊直弼《いいなおすけ》によって引き起こされた「安政の大獄」により、オールジャパン構想は破綻《はたん》。西郷は奄美《あまみ》諸島で潜《ひそ》むように暮らすことになる。作者は、挫折や失敗を味わった人物を好んで主人公にする。この時期の西郷を取り上げたのは、そのようなテーマを投影できたからであろう。

次は、作者が逝去した数日後に刊行された『天翔ける』である。幕末の徳川政権を担《にな》い、明治になってからも新政府中枢《ちゅうすう》の要職に就《つ》いた、松平春嶽《しゅんがく》の奮闘《ふんとう》を通じて、時代の動乱の先にある理想の国家像が示される。幕末から明治初期を扱った作品は、すでに幾つかあるが、新旧の時代にわたって政権に深くかかわった人物を主人公にしたのは初めてであり、作者の幕末物の総決算になっているのだ。また、坂本龍馬《りょうま》が、ちらりと登場している。私の勝手な想像になるが、作者はやがて龍馬を主人公にした物語を書くために、まず外堀を埋めていたのではなかろうか。

そう思うのには理由がある。本書に収録されている短篇「乙女《おとめ》がゆく」だ。龍馬（この作品では竜馬）の姉で、彼を母親代わりに育てた乙女のことは有名である。その乙女が龍馬を訪ねて、京の「寺田屋」にやってくる。そして龍馬に唆《そそのか》されて、桂《かつら》小五郎《こごろう》と西郷隆盛への使いに立つのだった。この物語の主人公は乙女である。当然、龍馬も魅力的に描かれているが、乙女とのやり取りを通じて、存在感を発揮するのだ。ここでも龍馬は脇役なのである。

さらに『暁天の星』の主人公の陸奥宗光《むつむねみつ》は、亡き坂本龍馬の理想を継ごうと考えている。これもある種の脇役扱いといっていい。このように外側から人物の輪郭《りんかく》を塗《ぬ》りつぶしていき、それが完成したと思ったとき、龍馬を主人公とした物語を書くつもりがあったのではないか。もとより妄想《もうそう》であるが、それが実現したならば、私たちは新たな『竜馬がゆく』を手に入れたはずである。

さて、『暁天の星』の話になったので、そのまま内容に踏み込むことにしよう。

作者の創作の軌跡を俯瞰《ふかん》した上で、『暁天の星』を眺めれば、近世から近代へと筆が進むのは必然といえる。江戸の物語という堆積《たいせき》があるからこそ、明治を表現できる。その明治の延長線上に、現代の日本がある。このことを表現するための主人公として、陸奥宗光が選ばれた。幕末に志士として行動した陸奥は、明治になってからは外務大臣を務めている。作者は明治十八年から筆を起こし、時に過去を回想しながら、不平等条約の改正に取り組む陸奥の姿を、夫婦の情愛を交《まじ》えて活写していくのだ。

女性をクローズアップするのは、作者の一貫した姿勢である。それは『暁天の星』と同じく明治を舞台にした『蝶《ちょう》のゆくへ』で強く示されている。二〇一八年八月に刊行されたこの物語は、明治の女性群像ドラマである。進行役は、明治女学校に通う星りょう。後に夫と共に、新宿中村屋を開業した相馬黒光《そうまこっこう》だ。新しい時代の生き方を模索《もさく》するりょうは、男女の恋愛や夫婦の問題など、さまざまな騒動とかかわる。やがて結婚し、毀誉褒貶《きよほうへん》のある人生を歩んだ彼女は、自分が何を求めていたのか理解するのだった。

『蝶のゆくへ』は全七章で構成されているが、第五章までのりょうは脇役である。各章ごとに詩人や作家など実在人物が登場。そして、さまざまな女性の生き方が、興味深く綴られていくのだ。なかでも、勝海舟《かつかいしゆう》の息子の妻である、梶《かじ》クララことクララ・ホイットニーが、名探偵ぶりを発揮する、第四章が愉快であった。

その一方で、ストーリーを通じながら、作家論が披露《ひろう》されていく。作中で、斎藤緑雨《りよくう》がいう、樋口一葉《ひぐちいちよう》評など、素晴らしいものが多い。女性だけでなく文化も内包した作品になっているのだ。作者は近代史を、政治家や軍人だけのものにしないことを表明している。ここに作者の狙いがある。政治・軍事・文化・家庭・職場……。時代の流れと、その中で生きる有名無名の人々を包括《ほうかつ》することで、現代へと繋《つな》がる歴史を捉え直そうとしているのである。作者はエッセイ集『河のほとりで』に収録されている「歴史小説を書くということ」で、

「ひとは生きていくことで、挫折や失敗の苦渋《くじゆう》を味わう。

そうなると、歴史を見つめても、もはや『勝者』の視点は持ち得ない」

といっている。本当に挫折や失敗をしたことのない人は、例外中の例外。ほとんどの人は、苦《にが》い体験をして、それでもささやかな幸せを求めて生きている。平安・戦国・江戸・明治、どんな時代の人でも、変わらない真理だ。ならば国家は、その

ような人たちに、どう応《こた》えるべきなのか。——話を『暁天の星』に戻そう。作中で、きちんと答えが提示されているからだ。

「明治になって初めて日本人は生まれた」と思っている陸奥は、いまや誰もが日本人として平等であり、国家に対して義務と権利があると主張する。また、「国家というものは、国民を不幸にするものであってはならない。最大多数の最大幸福を目指すのだ」という国家論も示される。陸奥の主張は作者の主張だ。主人公の理想の先に、作者の求める日本という国があり、国民がいるのだ。

しかし物語は日清戦争が終わり、宗光が下関《しものせき》の講和条約に挑《いど》もうとする、第六回で未完となった。その後の陸奥について述べると、講和条約は無事に調印される。これにより子爵《ししゃく》から伯爵《はくしゃく》に陞爵《しょうしゃく》（爵位を上げること）された。しかし以前から肺病を患《わずら》っており、一八九六年には外務大臣を辞め、療養生活に入る。とはいえ陸奥の理想が衰《おとろ》えることはなく、雑誌『世界之日本』（主筆は竹越三叉《たけごしさんさ》）を刊行し、グローバル時代の日本の道を示したのである。一八九七年、肺結核により死去。五十三年の生涯であった。

作者が物語を、どのように締めくくろうとしたのかは分からない。陸奥宗光を通じて、現代の日本人に伝えようとした志《こころざし》は、中途で途絶《とだ》える。そういえば作者は、『洛中洛外をゆく』の、大名にして文化人である小堀遠州《こぼりえんしゅう》を主人公にした『孤《こ》篷《ほう》のひと』について語ったところで、味わい深い言葉を残している。少し長くなるが引用させてもらおう。

「人は誰でも、『これをしなければ、あれをしなければ』と、せっつかれるようにして生きています。ですから、『もう何もしなくていいよ』と言われれば楽かもしれないな、と思うこともあるのです。ある程度生きてきて、これを何年もずっと繰り返しても、だいたい似たようなものだなとふと気づく。『もう卒業です』と言ってもらえれば、それは解放になる。そんな風に思う人も多いのではないでしょうか。『あれも良かった、これも良かった』で生きている人は少ないのです。みんないろいろな苦労や悩みを背負っています。そのなかで一所懸命やって、どこかで『もういいですよ、お疲れさまでした』と言ってもらえるわけだから、それで良いのではないでしょうか」

たしかに十三年という創作期間は短い。短すぎる。だから「もういいですよ、お疲れさま」と、いいたくはない。もっともっと書いてほしかった。司馬史観に変わる葉室史観が、今を生きる多くの日本人の指針になる世界を見たかった。

その夢は儚《はかな》く消えた。ならば、受け継ぐしかないではないか。残してくれた作品群と、幾つかのエッセイ集。それを読めば、作者の理想と理念が理解できるからだ。

さらに、作者の死後に発見された未発表長篇を、文庫オリジナルで刊行した『約束』にも注目してほしい。現代の四人の若者が雷に打たれ、なぜか精神だけが一八七三（明治六年）にタイムスリップしてしまい、それぞれの当時の人の心に入り込んでしまうという歴史ファンタジーだ。解説を担当した内藤麻里子《まりこ》によれば、デビュー当時に執筆した作品ではないかとのこと。現代の若者たちと維新の大物たちを絡《から》ませたストーリーは、明治から現代に繋《つな》がる道を明らかにしながら、今の日本という国に対する提言をしている。最初から作者の目指すところが、指し示されていたのだ。

このような諸作から、ひとりひとりの読者が、作者の志を受け継ぎ、誰かに伝えていく。坂の上のその先の、遥《はる》かなる道を私たちは歩いていく。それこそが葉室麟に対する手向《たむ》けになると、信じているのである。


（文芸評論家）

単行本、刊行に寄せて

葉室涼子

二〇一七年四月末、『暁天《ぎょうてん》の星』第一回締め切り日の前日——

父はまだ一行も書くことができずにいました。数週間前に受けた人間ドックの結果が思わしくなく、精密検査のための入院が決まったころのことです。父は健康状態を気にしつつも、「自分の身体《からだ》にいくら訊《たず》ねてみても、どこもおかしなところはない。大丈夫だ」と言って仕事のペースを落とそうとはしませんでした。

わたしは心配で、「今は体調を優先して、もし必要なら治療に専念した方がいいと思うよ。まだ連載は始まる前だし、体調が万全になってから連載を始められるように、今回だけは編集者さんに相談しようよ」と何度も訴えました。

自分自身と家族を安心させようと、口では「大丈夫だ」と言っていた父ですが、内心は言葉にできない不安をかかえて迷っているように見えました。それでも、「仕事に穴をあけるわけにはいかない。自分には書きたいことがある」と、病《やまい》のことは伏せたまま、強い覚悟で書き始めたのが『暁天の星』です。

このころ、父は「明治維新から150年」を意識した歴史小説を雑誌に連載していました。西郷隆盛《さいごうたかもり》や幕末の志士たちの若き日を描いた『大獄《たいごく》西郷青嵐賦《せいらんふ》』、同じ時代を松平春嶽《しゅんがく》の視点から描く『天翔《あまか》ける』、明治時代の女性たちが新しい生き方を希求する『蝶《ちょう》のゆくへ』。これらの小説を執筆していたとき父は、「自分が書きたいことが何なのか、はっきりと分かってきた。進むべき道が見えてきた」と家族に話したことがあります。

それがどのような道だったのか多くを語りませんでしたが、歴史観を記した紀行エッセイ『曙光《しょこう》を旅する』で、二〇一八年が「明治維新から150年」であることに触れ、「『日本の近代化とは何だったのか』と総括する時期に来ている」とインタビューに答えています。おそらく父は歴史を見つめなおし、明治維新を総括することで、「日本とは何か。日本人とは何者か」ということを表現し、伝えたかったのではないかと思います。

陸奥宗光《むつむねみつ》の半生を描こうとした『暁天の星』は、明治維新を問う父にとって欠かすことのできない小説でした。条約改正に取り組む陸奥と、その心に寄り添い支え続けた妻亮子《りょうこ》を通して、幕末から明治時代にかけて日本の歴史がどのように動いたのかが描かれています。読むだけで心が暗くなってしまうような戦争の悲惨な事実に目を背《そむ》けず、日本の歴史と正面から向き合い、その意味を考えること、それが父の望んだことなのかもしれません。

『暁天の星』には歴史的事実の記述も多く、今までの葉室麟の作風と少し違うな、と戸惑《とまど》われる読者の方もいらっしゃるかと思いますが、厳しい現実から逃げずに闘《たたか》った父の息づかいを感じていただけましたら幸いです。

物語は陸奥が下関《しものせき》で講和交渉に臨み、新たな闘いの始まりを告げた連載第六回で終わりを迎えてしまいました。少し体調を崩していた父は、最後の原稿を書き上げた数日後の十月中旬に療養のため入院しました。どんなに身体が辛《つら》いときにも弱音《よわね》を吐《は》くことはなく、「明日はきっともう少し良くなるはずだから」と言って、明るい未来を見ようとしていました。

十一月の初旬に病状が悪化し原稿を書くことができなくなるまで、何十冊もの資料を病室に持ち込み執筆を続けていました。やむを得ず『暁天の星』の休載を申し出たあとも、快復したら陸奥宗光の物語を完成させ、西郷隆盛の物語の続編を書き、更には大久保利通《としみち》から見た明治維新を描こうと、小説の構想を膨《ふく》らませていました。

六十余りの作品を世に送り出す中で、「日本の近代化」について考えを深め、進むべき道を見出《みいだ》したからこそ挑《いど》むことができた『暁天の星』の世界。物語の続きを読むことができなくなってしまったことが、今でも残念でなりません。

小説の最後で陸奥は、「自分は暁《あかつき》に輝く明けの明星《みょうじょう》として、国家の行く末を照らさねばならない」と決意を表しています。『暁天の星』のタイトルの意味が明らかになったところで物語は途絶《とだ》えてしまいましたが、父が伝えたかったであろう「日本の近代化とは何か」という問いかけが、みなさまに少しでも届くことを願ってやみません。

未完に終わりました『暁天の星』の単行本化にあたりまして、温かいお気持ちをお寄せいただき、ご尽力くださいました多くのみなさまに深く感謝申し上げます。そして、この本を手に取ってくださいました読者のみなさまに心より御礼申し上げます。

二〇一九年四月

葉室涼子

この作品は、二〇一九年六月にＰＨＰ研究所から刊行された。

初出

乙女がゆく……『小説現代』（講談社刊）二〇一〇年十月号

著者紹介
葉室 麟（はむろ りん）
1951年、福岡県北九州市生まれ。西南学院大学卒業後、地方紙記者などを経て、2005年、「乾山晩愁」で歴史文学賞を受賞してデビュー。
2007年、『銀漢の賦』で松本清張賞、12年、『蜩ノ記』で直木賞、16年、『鬼神の如く 黒田叛臣伝』で司馬遼太郎賞を受賞。
その他の作品に、『秋月記』『花や散るらん』『橘花抄』『星火瞬く』『無双の花』『散り椿』『霖雨』『春風伝』『孤篷のひと』『墨龍賦』『大獄 西郷青嵐賦』『天翔ける』など。
2017年12月23日、逝去。

ＰＨＰ文芸文庫 暁天《ぎょうてん》の星

2022年７月20日 第１版第１刷

著者 葉室 麟
発行者 永田貴之
発行所 株式会社ＰＨＰ研究所
東京本部 〒135-8137 江東区豊洲5-6-52
第三制作部 ☎03-3520-9620（編集）
普及部 ☎03-3520-9630（販売）
京都本部 〒601-8411 京都市南区西九条北ノ内町11
PHP INTERFACE https://www.php.co.jp/
組版 朝日メディアインターナショナル株式会社
印刷所 大日本印刷株式会社
製本所 東京美術紙工協業組合

 ISBN978-4-569-90231-9

PHP文芸文庫

霖《りん》雨《う》

葉室 麟 著

辛いことがあっても諦めてはいけない――豊後日田の儒学者・広瀬淡窓と弟・久兵衛が、困難に立ち向かっていくさまが胸に迫る長編小説。

PHP文芸文庫

墨《ぼく》龍《りゅう》賦《ふ》

葉室 麟 著

建仁寺の「雲龍図」を描いた男・海北友松。武士の子として、滅んだ実家の再興を夢見つつ、絵師として名を馳せた生涯を描く歴史長篇。

第140回 直木賞受賞作

利休にたずねよ

山本兼一 著

おのれの美学だけで秀吉に対峙し天下一の茶頭に昇り詰めた男・千利休。その艶やかな人生を生み出した恋、そして死の謎に迫る衝撃作。